아무튼, 잡지

아무튼, 잡지

황효진

코난북스

차례

취미는 잡지

세상에서 가장 답하기 어려운 질문 중 하나는 취미나 특기에 관한 것이다. 다들 동의하리라 생각한다. 누군가 "취미는 뭐예요?"라고 물어오는 순간 머릿속이 새하얘지는 건 나뿐만이 아닐 거다.

한창 구직 활동을 하던 20대 중반, 자기소개서의 수많은 문항 중 가장 긴 시간을 낭비하게 되는 구간은 취미와 특기란이었다. '저한테 그런 게… 있을까요?' 자기소개서에서 취미와 특기를 물어보자고 최초로 결정했을 그 누군가에게 따져 묻고 싶었다. '그러는 그쪽은 대체 취미랑 특기가 뭔데요?' 취직을 하기 위해 자기소개서를 쓸 때마다 지원하는 회사의 성격에 맞춰, 아니 맞췄다기보다는 미루어 짐작해서 취미와 특기를 다르게 썼다. 그중에는 순전히 튀어 보이고 싶어서 써 낸 '짜파게티 1인분 끓이기' 같은 대답도 있었다(거짓말은 아니었지만 어쨌든, 서류 합격은 하지 못했다.)

그러한 헛발질 끝에 엔터테인먼트 분야를 폭넓게 다루는 웹매거진에 입사한 후에도 고통은 끝나지 않았다. 선배들이 신입에 대한 최소한의 예의로 던지는 말, "너는 뭘 제일 좋아하니?"라는 질문에도 뭐라 답해야 할지 몰라 눈을 내리깔고 한참 신중하게 고민하는 척을 해야 했다.

사회생활에서도 예외는 아니다. 아주 친한 사이가 아닌 사람을 만나면 거의 어김없이 "뭐 좋아하세요?" 또는 "쉴 때는 주로 뭘 하세요?"라는, 취미가 무엇인지 돌려 돌려 묻는 질문과 맞닥뜨린다. 상대방도 별 의미를 두지 않고 물은 것일 테니 아무렇게나 답하면 그만이겠지만, 또 아무거나 대충 취미나 특기로 대고 싶지는 않은 것이 나라는 인간의 허영심이다. 독서라고 말하면 너무 고리타분해 보일 것 같고, 영화 보기라고 말하면 너무 뻔해 보일 것 같고, 취미가 없다고 말하면 대화를 이어가려는 의지가 없는 것처럼 보일 테다. 그래도 최근에는 이렇게 말한다.

"잡지 읽는 거요."

나름대로 고민에 고민을 거듭해서, 기나긴 자아 탐색의 시간 끝에 찾은 단 하나의 진실한 답…까지는 아니지만, 나로서는 최선의 솔직한 대답이다.

독서도 아니고 잡지 읽기라니? 어떤 이는 "그렇군요" 하며 급하게 대화를 끝내기도 하고, 또 어떤 이는 "아, 미용실에서 읽으시는 거예요?"라고 되묻기도 한다.

잡지 읽기가 취미라고 말하면서 느낀 점이 있다면 사람들은 잡지에 그다지 관심이 없다는 사실이다. 어느 쪽이든 결국은 '네, 뭐, 그러시든가' 하는 정도의 반응에 가깝다. 어떻게 생각하면 이것저것 잡다한 내용을 다루고 딱히 오래 기억되지도 않는 잡지의 특성에 잘 맞는 리액션인 것 같기도 하다.

수백 수만 가지 정보가 흘러 다니는 바다를 탐험하는 기분으로 잡지를 읽을 만큼 호기심이 많은 성격인가 하면 전혀 아니다. 호기심이라면 그 누구보다도 없는 편이라고 자신할 수 있다. 나는 학창 시절에 궁금한 게 있으면 얼마든지 물어보라고 선생님이 말씀하시면, 도대체 수업에서 배운 것 외에 뭐가 더 궁금할 수 있는지 이해하기 어려워한 학생이었다. 기자가 되어 인터뷰나 취재를 할 때도 질문이 쉽게 떠오르지 않아 항상 머리를 싸매야 했다. '인터뷰를 잘하려면 맞은편에 앉아 있는 사람의 모든 것이 너무너무 궁금하고 모든 이야기가 흥미롭다는 태도로 진행해야 한다'는 선배들의 노하우를 듣고는 크게 좌절한 나다.

그렇다면 '세상에 존재하는 모든 정보를 내 손안에 넣겠다!', 그런 기세로 욕심을 부리고 있는 걸까? 욕심이라고까지 표현할 수 있을지는 모르겠지만 이런 취미는 있다. 잡스러운 지식과 정보를 할 수 있는 한 계속 모아둔다. 무슨 정보 컬렉터나 아카이

빙 마니아인 양 말했지만 실은 트위터나 페이스북, 인스타그램에서 관심 가는 것들을 골라 잔뜩 저장해 뒀다는 뜻이다. 이 글을 쓰며 트위터를 열어보니 하트를 찍은 횟수는 3005회다. '마음에 들어요' 탭에는 일본 도쿄 유라쿠초의 무인양품에서 열리는 독서 체험 전시 소식, 올리브오일과 향신료, 소금간을 해서 닭가슴살을 지퍼락에다 익히는 레시피, 여성 1인 가구 절반 이상이 월 100만 원도 벌지 못한다는 뉴스(그중 한 명이 나다), '꼬마 흡혈귀' 시리즈 재출간 소식, 고양이와 인간이 수박을 나눠 먹는 귀여운 영상 등이 뒤죽박죽 섞여 있다. 페이스북에 접속하면 저장해놓고 읽지 않은 콘텐츠가 있다는 알림이 늘 떠 있다. 인스타그램 역시 책갈피 표시를 눌러놓은 사진들로 가득하다. 이 중 다시 확인한 건 몇 개나 될까. 더 이상 자신을 한심해하고 싶지 않으니 굳이 세어보진 않을 생각이다.

한두 해 전 도쿄 여행 중에 찍힌 사진 속 내 모습을 유심히 볼 기회가 있었다. 굳이 이런 걸 여러 장이나 찍었어야 했나 싶을 정도로 죄다 뭔가를 구경하고 있는 모습이었다. 그런데 모든 사진에 공통점이 하나 있었다. 슈퍼에서의 나는 소스를 향해 손을 뻗으면서 눈은 위 칸에 놓인 파스타를 응시하고 있었고, 액세서리 숍에서는 귀여운 핀을 잡으려고 하는 동시에 저 멀리 걸려 있는 아기자기한 장식이 달린 가방을 보고 있었으며, 서점과 헌책방에서는…. 언제나 지금 보는 것과 다음에 볼 것을 한꺼번에 보려는 기이한 행동을 반복하고 있었다. 그때까지 몰랐을 뿐, 평생 끊임없이 주변을 두리번거리며 눈은 이쪽을 보고 손은 저쪽으로 뻗는 식으로 살아왔다.

이런 이유로, 하나에 좀처럼 집중하지 못하는 나 같은 인간에게는 화보와 광고, 인터뷰와 칼럼, 뷰티 팁과 전시 정보 같은 것들이 한데 뒤섞여 있는 잡지야말로 최적화된 매체다.

돌이켜보니 이런 잡다함과 산만함이야말로 생활에서도 일에서도 스스로를 지탱하는 동력이었던 것 같다. 기자로 일하는 동안에도 마찬가지였다. '이게 저의 전문 분야입니다'라고 내세울 만한 것이 없는 채로, 그때그때 관심 가는 이슈들에 대해 기획안을 제출하고 기사를 썼다. 두리번거린 만큼 그 모든 것을 좀 더 열정적으로 파고들 수 있었다면 지금의 나보다 훨씬 더 훌륭한 인물이 됐을지도. 안타까운 일이지만 나는 그 정도로 부지런하게 생겨 먹지를 못했다. 한 가지만 파고드는 덕후도, 최대한 얇고 넓게 파고드는 멀티플레이어도 아닌 어정쩡한 상태로

용케 여기까지 왔다. 도대체 나는 왜 이 모양일까 시무룩해지다가도, 나 자신이 결국 한 권의 잡지 같은 사람이라고 생각하면 기분이 좀 나아진다. 어떤 잡지인지는 조금 더 고민해봐야겠지만.

그런데 단행본과 잡지, 그러니까 일반적으로 책이라고 부르는 것과 잡지의 효용은 자주 비교당하고는 한다. 얼마 전 일본 잡지의 기획력을 분석하는 자리에 초대를 받았다. 그 자리에서 누군가 이렇게 고백했다. 책은 크게 시류를 타지 않으니 롱런할 수 있고, 잡지는 그때그때에만 담을 수 있는 내용을 위주로 하니 제작자 입장에서는 책이 더 효율적이지 않을까 생각했었다고 말이다. 「일하는 여자들」이라는 온라인용 인터뷰집을 만들었을 때는 '인터뷰 모음인 줄 몰랐다. 인터뷰는 잡지에서도 읽을 수 있는 건데 내가 왜 이만큼의 돈을 내고 이걸 사서 읽어야 하는가?'라는 뉘앙스의 독자 후기를 받기도 했다. 또 한 번은 책 출간 건으로 편집자를 만나 책 중간중간 인터뷰 꼭지를 넣으면 어떻겠냐고 제안했다가 "인터뷰를 넣는 건 독자들이 별로 좋아하지 않아서요. 책이 아니라 잡지 같다고 싫어들 하시더라고요"라는 답이 돌아온 적이 있다.

"그래도 「KTX 매거진」 같은 걸 보면 잡지는 독자들이 쉽게 접근할 수 있어서 좋잖아요. 책은 장벽이 있는 것 같아서 아쉽더라고요."

누군가 이렇게 말했을 때 나는 답했다.

"잡지가 공짜일 때만 그렇죠. 잡지를 돈 내고 보려는 사람은 많지 않아요."

정말로 언젠가부터 잡지란 싼(혹은 공짜) 매체, 그럼에도/그래서 책보다 얻을 게 없는 매체로 여겨지는 것 같다. 사실일 수도 있다. 잡지에서 문득 대단한 교훈을 발견하고 단박에 인생이 바뀔 리는 (적어도 내 경우라면) 없다고 생각한다. 노트 한 구석에 몰래 적어두고 싶을 만큼, 떠오를 때마다 펼쳐보며 감동할 만큼 마음을 때리는 글귀 역시 잡지보다는 책에서 찾는 게 더 빠를지도 모른다.

그러나 그것이야말로 잡지의 훌륭한 점이다. 보는 이를 가르치려 하거나 거창한 이야기를 하려고 들지 않는다. 그야말로 실용적인 태도로 슬쩍 말을 건넬 뿐이다. '이거 어때?'

그뿐인가. 잡지는 반드시 첫 페이지부터 읽을 필요도, 모든 페이지를 정독해야 할 필요도 없다. 아무 페이지나 펼쳐서 읽고 흥미가 당기지 않으면 또 다른 아무 페이지를 펼치면 된다. 때마다 새로운 정보와 새로운 관점이 등장한다. 관심사도 다양하고 특기도 다양한 사람들이 자기 자리에서 각기 다른 콘텐츠를 만들어내고, 결국 그것이 한 권의 잡지로 엮인다는 부분 역시 견딜 수 없이 근사하다.

잡지가 좋은 건 무엇보다 달이 바뀔 때마다 새 물건을 사는 듯한 기분을 느낄 수 있다는 점이다. 서점 매대를 둘러보다 잡지들의 표지를 살피고, 이면 기사가 들어 있는지, 인터뷰는 누구와 했는지 체크하고, 그중 몇 개를 골라 사서 품에 꼭 안고 혹은 넉넉한 사이즈의 천가방에 소중히 넣어 집으로 돌아와 마침내 아무렇게나 비닐을 벗긴 후 드디어 읽기 시작한다! 아무리 궁금하고 설레더라도 지하철이나 버스 안에서는 절대 뜯어보지 않는 것이 내 나름의 원칙이다. 잡지를 읽기에 최적의 컨디션—편한 복장, 약간의 간식, 안락한 자리(보통은 침대) 등—이 마련되어 있지 않은 상태에서는 섣불리 새 잡지를 펼치지 않는 것이다.

잡지를 고르고 사는 때부터 읽기에 편안한 장소로 가지고 가는 과정, 펼치는 순간, 눈 닿는 대로 사진을 보고 글을 읽는 일까지, 잡지에 관련된 그 어떤 시간도 아깝거나 지루하다고 생각해본 적이 없다. 조금 낯간지럽기도 하고 허망하기도 한 말이지만

'잡지와 함께하는 모든 일이 즐겁다.'

그것뿐이다. 너무나 사소한 정보를 읽어내려가면서, 잡지를 보는 동안 내 방식대로 시간을 실컷 낭비하는 기분으로 안도하면서, 손 안에 쥔 돈으로는 당장 가질 수 없지만 아름답고 견고한 질 좋은 물건들을 보면서, 아주아주, 정말 아주아주 조금씩 더 나은 삶으로 나아가는 기분을 느낀다. 그게 전부다. 하지만 이런 감각이야말로 살아가는 데 필수적이라는 것, 그래서 잡지 읽기야말로 취미에 꼭 알맞은 일이라는 것을 이제 안다.

눈치 채셨겠지요. 나는 잡지라면 빠삭하게 꿰고 있는 덕후나 전문가가 아니다. 잡지를 미치도록 사랑하는 사람도 아니다. 그저 잡지라는 단어에서 떠올리는 감각 그리고 그것이 가진 특정한 성질을 좋아하는 사람이다. 그런 미적지근한 애정이 20년 넘게 이어지고 있다. 이해 가능하면서도 한편으로는 미스터리한 일이다.

「나나」와 「윙크」와 『언플러그드 보이』

'브런치'에 연재되고 있는 코너 하나를 얼마 전 발견했다. 여성/만화/작가를 중심으로 하는 '한국 만화사 다시 쓰기' 프로젝트 '한국 순정만화작가사전'이다.* 1980년대, 90년대 유행한 한국 순정만화와 작가들에 관한 글이 올라온다. 한국에서 순정만화의 부흥기를 이끈 『레드문』의 황미나, 『노말 시티』의 강경옥 작가처럼 내가 직접 작품을 읽지는 않았지만 '레전드'로 알고 있던 분들은 물론, 『바람의 나라』의 김진, 『비천무』의 김혜린, 『아르미안의 네 딸들』의 신일숙 작가 등 개인적으로는 잘 몰랐던 분들의 이야기도 읽을 수 있었다. 1980년대 중반에 태어나 자란 내가 가장 관심을 가질 수밖에 없었던 것은 '1990년대 뉴웨이브'라는 제목의 글들이었다. 들어가는 글에서는 그때를 이렇게 표현하고 있었다.

"신파가 대세였던 이전 세대와 다른 정서와
감각으로 무장한 신진 작가들이 대거 등장."

나예리, 박희정, 유시진, 천계영, 권교정. 운 좋게도 나는 한국 순정만화의 르네상스에 초중학생 시

---

* 2017년 11월 전자책으로 출간되었다.

기를 보낸 것이다.

　내가 초등학생이었을 때 부모님은 맞벌이를 했다. 하나밖에 없는 딸이 학교를 마치고 돌아와 심심할까 봐 엄마는 출근 전에 간식거리를 챙겨두고 나갔다. '이거 먹으면서 놀고 있어라' '오늘은 엄마가 과자를 못 사놨으니 이 돈으로 맛있는 거 사 먹어라' 같은 메모와 함께. 간식은 주로 초코파이나 카스타드, 오예스, 빅파이. 학교에서 돌아온 나는 가방을 휙 벗어던지고 손만 겨우 씻고 입었던 옷을 갈아입지도 않은 채로 아무렇게나 드러누워 야금야금 간식을 먹었다.

　그런데 한 달에 꼭 한 번, 엄마가 간식과 메모 외에 특별한 선물을 하나 더 마련해놓고 출근할 때가 있었다. 그날이면 친구들과 학교 앞 문방구에서 컵떡볶이를 사 먹지도 않고, 제일 친한 친구를 집으로 데려오지도 않고 혼자서 집으로 곧장 내달렸다. 시험 기간과 그날이 겹치면 빨리 시험을 마쳐야 그것을 볼 수 있다는 생각에 속상해서 발을 동동 구르고는 했다.

　디즈니 시리즈부터 과학책까지, 책이란 책은 돈을 아끼지 않고 다 사준 부모님이었지만 어째서 만화책 사줄 생각을 하게 됐는지는 아직도 잘 모르겠다. 너무 오래전 일이라 정확한 날짜가 기억나지는 않지만 대강 매달 20일에서 25일 사이, 간식과 더불어 테이블 위에 놓여 있던 것은 만화 잡지 「나나」였다. 순정만화를 보며 가슴 떨려 할 만큼 유난히 감수성이 예민한 어린이도, 액션만화를 보며 피가 끓어오를 만큼 에너지가 넘치는 어린이도 아니었던 나는 한 달에 한 번, 이벤트를 맞이하는 마음으로 「나나」를 무작정 기다리고 좋아했다. 상상해보라. 매일 오가는 곳이라고는 학교와 집(거기에 가끔 학원), 만나는 사람이라고는 몇몇 친구와 선생님과 부모님, 특별한 일이라고는 간혹 있는 친구 생일파티 정도인 초등학생(또는 중학생)의 무료한 인생, 거기에 정기적으로 찾아오는 이 이벤트가 얼마나 소중했을지를 말이다.

이미라 작가의 〈은비가 내리는 나라〉라든가 이은혜 작가의 〈금니는 싫어요〉, 문계주 작가의 〈엄마는 요술쟁이〉 같은 만화들을 그때 처음 만났다. 바닥에 납작 엎드려서 간식을 야금야금 먹으며, 어른이 되면 꼭 〈금니는 싫어요〉의 주인공 여자애처럼 머리를 길게 길러 화려하게 파마하겠다는 다짐을 하곤 했다. 그때는 서른세 살이 되도록 머리 기르지 못하는 병에 걸려 허구한 날 단발만 하는 어른이 되리라고는 상상도 못했지만.

그렇게 열심히 만화 잡지를 읽으면서도 나는 순정만화에 흠뻑 이입하는 타입의 독자는 결코 되지 못했다. 사랑, 이별, 아픔, 그런 걸 이해하기에는 너무 어린 나이이기도 했지만, 천성이 매사에 심드렁해서이기도 했다. 자신만의 상처 때문에 마음의 문을 꽁꽁 닫은 남자 주인공을 보면서도, 온 힘을 다해 여자 주인공을 지키려는 캐릭터를 보면서도, 내 생각은 늘 똑같았다.

'이 남자, 왜 이렇게 혼자 심각하지?'

그랬던 나에게 처음으로 현실 인간만큼의 애정을 느끼게 한 것은 바로, 격주간 만화 잡지 「윙크」에 연재된 천계영 작가의 〈언플러그드 보이〉 속 현겸이였다.

출생의 비밀이나 숨겨둔 상처, 비극적인 사랑과 안타까운 엇갈림 같은 드라마틱한 요소들은 〈언플러그드 보이〉에 없었다. 요약하자면 가까이 지내던 십대 소년 현겸이와 소녀 지율이가 서서히 어른이 되어가는 과정을 담은 이야기였다. 호리호리한 몸, 늘 풍선껌을 부는 습관, 펑퍼짐한 힙합 바지를 센스 있게 소화하는 패션 감각, 다정다감한 성격, 강아지를 좋아하는 감정과 여자 친구를 좋아하는 감정을 구분

하지 못할 정도의 순진무구함. 현겸이 같은 소년 캐릭터는 주변에서나 다른 순정만화에서나 본 적이 없었다. 슬플 때 술을 마시는 것도, 담배를 피우는 것도, 가시 돋친 말을 쏟아내고 뒤늦게 후회하는 것도, 주먹다짐을 하는 것도 아니고 그저 힙합을 출 뿐이라니. '애인이 아니라도 좋아요. 이런 친구를 갖게 해주세요.' 〈언플러그드 보이〉를 볼 때마다 마음속으로 열심히 빌었(지만 당연히 소원은 이루어지지 않았)다.

그 길로 천계영 작가의 팬이 되었다. 「윙크」는 원래 친구에게 빌려서 봤지만, 〈오디션〉이 연재될 때는 꼬박꼬박 사서 보기에 이르렀다. 음악과 아이돌과 스토리텔링의 결합이라니, 엠넷 〈슈퍼스타 K〉나 〈프로듀스 101〉보다 십 몇 년을 앞선 가히 천재적인 기획 아닌가! 〈오디션〉을 보기 시작하면서부터 나는 「윙크」가 2주에 한 번밖에 나오지 않는다는 사실에 극심한 안타까움과 분노, 긴장감, 초조함을 느껴야 했다.

친구들과는 틈만 나면 작품 속 캐릭터 중 자신의 '최애캐(제일 좋아하는 캐릭터)'에 대한 대화를 나눴다. 온몸에 피어싱을 하고 애국자로서 나이키가 아니라 반달 무늬를 몸에 새긴 베이시스트 장달봉,

늘씬한 몸과 아름다운 외모와 길고 매끄러운 머릿결의 소유자인 드러머 류미끼, 자신이 '베레베레베레'라는 이름의 외계인이라고 주장하는 보컬이자 〈언플러그드 보이〉현겸이의 과장된 버전 같기도 한 황보래용, 늘 눈을 가리고 다니는데다 가장 고독해 보이는 기타리스트 국철. 친구들의 선택은 대부분 국철이었고 나의 취향도 크게 다르지 않았다. 가끔 황보래용이 귀엽다고 생각하긴 했지만 아무래도 현겸이만큼은 못했으니까.

회사를 그만두기 전, 천계영 작가의 데뷔 20주년에 맞춰 글을 쓸 일이 있었다. 사진을 촬영하기 위해 〈언플러그드 보이〉중고책을 구해 한 장씩 넘겨가며 다시 읽었다. 그러면서 내가 그때 이 만화를 왜 좋아했었는지 조금 더 확실하게 알 수 있었다. 우연히 키스신이 등장하는 19금 영화를 보던 현겸이는 말한다.

"몇 살이 되면 봐도 되고 몇 살이 되면 해도 되는 그런 기준은 누가 정하는 건지….."

그리고 지율이는 마음속으로 이렇게 답한다.

'자기가 정하는 거야, 현겸아. 바로 우리가.'

십대 시절의 나는 어른들의 세계를 동경했지

만 동시에 두려워하기도 했다. 빨리 자라서 어른이 되고 싶기도 했지만, 많은 것이 무서워 이대로 영원히 어른 같은 건 되지 않았으면 싶기도 했다. 누군가를 어떻게 사랑하게 되고, 그것은 어떤 감정이며, 그 시간을 거쳐 어떻게 어른이 되는 건지, 아니, 이러다 어른이 되기는 하는 건지, 내가 다른 친구들에 비해 너무 빠르게 혹은 너무 느리게 자라고 있는 것은 아닌지…. 즐겁게 깔깔 웃으며 놀다가도 문득문득 떠오르는 의문들로 머릿속은 매일 복잡했다. 〈언플러그드 보이〉는 내 또래 대부분이 나와 다르지 않다는 걸 나에게 알려준 최초의 만화였다. 그리고 아무도 알려주지 않았던 세계로 살짝 열린 문틈이기도 했다. 비록 슬플 때 힙합을 추는 방법은 끝내 배우지 못했지만.

지금도 순정만화는 대개 주목할 가치가 없는 것으로 여겨진다. 그리고 개별 작품에 대한 섬세한 리뷰보다는 한꺼번에 묶어 '여자들이 보면서 울고 짜는 사랑 이야기'쯤으로 평가되기도 한다.

2016년 청강만화역사박물관에서는 '여성의 세계—소녀, 어른이 되다'라는 이름의 기획 전시가 열렸다. 그런데 여기에 한국 만화사에서 중요한 기점인 1990년대 순정만화는 포함되지 않았다. 2017년에 웹툰 플랫폼 코미카에서 기획한 '불후의 명작' 프로젝트에도 순정만화는 없었다.*

한때 순정만화와 만화 잡지를 읽었던 사람들은 안다. 「나나」가 아니었더라면, 「윙크」나 「이슈」「파티」 같은 만화 잡지가 없었더라면, 〈쿨핫〉 〈네 멋대로 해라〉 〈호텔 아프리카〉 같은 만화들을 보지 못하고 컸더라면, 누군가는 조금 더 우울하거나 조금 더 밍숭맹숭하거나 조금 더 무신경한 사람인 채로 사춘기를 보내야 했을지도 모른다는 사실을.

나는 무언가로 인해 인간이 변한다거나 자란다거나 하는 말을 크게 믿지 않는다. 그런다고 한들 거기에서 좀처럼 감동받지도 않는 사람이다. 그런 나로서도 이렇게 말하고 싶다.

만화 잡지가 있어서, 순정만화가 있어서 고마웠다고. 여성들의 시선과 상상력으로 만들어진 이야기

---

*   '불후의 명작'은 웹툰이 등장하기 전에 발표된 명작 만화들을 현재의 웹툰 작가들이 재해석해 웹 버전으로 공개한 프로젝트였다. 이현세의 〈아마겟돈〉, 허영만의 〈망치〉, 이충호의 〈마이러브〉, 윤태호의 〈야후〉, 이명진의 〈어쩐지 좋은 일이 생길 것 같은 저녁〉, 문정후의 〈용비불패〉 등이 여기에 포함된 작품들이다.

가 지금보다 훨씬 더 많이 나오고, 훨씬 더 많이 조명 받기를 원한다고. 내가 그랬듯, 다른 소녀들도 그런 이야기를 넘치게 보고 읽으며 자랄 수 있다면 좋겠다고.

「쎄씨」, 「에꼴」, 「유행통신」

30대 중반을 향해가는 나이라 그런지 '세월'의 흐름을 실감하는 순간들이 적지 않다. 1990년대가 벌써 20여 년 전이 되어버렸을 때, 내가 중학생 때 해체했던 젝스키스가 재결합해 2017년의 어린 소녀들에게 인기를 얻고 있는 모습 같은 걸 볼 때 그리고 오래전부터 지켜봐온 무언가가 사라진다는 소식을 접할 때. 2013년에 「엘르걸」이 폐간되더니, 2015년에는 「보그걸」마저 폐간되는 장면을 목격해야 했다.

지금 남은 걸(girl) 패션지는 「쎄씨」뿐이다. 지난 3월, 회사를 그만두고 얼마 지나지 않아 「쎄씨」 에디터의 요청으로 인터뷰 아르바이트를 한 적이 있다. 엠넷 〈프로듀스 101〉에 출연한 후 솔로로 데뷔한 가수 청하 씨를 인터뷰하는 자리였다. 사진 촬영을 마치고 의자에 앉자마자 그는 말했다.

"저 예전 소속사에서 다른 연습생 친구들이랑 단체로 「쎄씨」 화보를 찍은 적이 있거든요. 그런데 이렇게 혼자서 인터뷰를 하고 사진까지 찍게 돼서 너무 신기해요."

들뜬 그를 보며 나도 마음속으로 말했다.

'저는 「쎄씨」를 열심히 보던 중학생이었는데요. 그때의 저도 여기서 누군가를 인터뷰하는 사람이 될 거라고는 상상도 못했네요.'

초등학생 때까지 매일 내 머리를 땋아주는 일은 엄마의 몫이었다. 엄마가 좋아하는 스타일은 정해져 있었다. 단정한 단발로 자르고 머리 위쪽을 약간씩 잡아 윗부분만 양갈래로 묶는 식이었다. 앞머리는 "(엄마의 표현에 따르면) 예쁜 이마를 가리니까" 내지 않는다. 헤어스타일은 물론 패션에 대해서도 내 취향이랄 게 없던 시절이라 옷도 엄마가 사준 대로 입었다. 저학년일 때는 고분고분 별 저항 없이 엄마의 스타일을 그대로 받아들였지만, 고학년쯤 됐을 때는 상황이 달라졌다. 엄마가 즐겨 묶는 헤어스타일은 너무 아이 같아서 싫증이 났고, 가로 길이와 세로 길이가 거의 같을 정도로 동그란 얼굴인데 이마까지 까는 건 얼굴이 더 동그래 보이는 것 같아서 앞머리를 내보고 싶었으며, 꼬마 숙녀 같은 원피스나 블라우스가 아니라 또래들 사이에서 유행하는 옷을 입고 싶었다.

마침 친한 친구 중 한 명은 반에서 가장 스타일리시한 여자애였다. 시스루뱅처럼 앞머리를 내렸고, 베레모 같은 어려운 아이템도 무리 없이 소화했으며, 무릎 살짝 위로 올라오는 일자 치마와 나팔바지까지 잘 어울렸다. 그 친구처럼 되고 싶어 『소라의

맵시』*까지 정독했다. 그러나 차밍걸의 길은 멀게만 느껴졌다.

다행히도 중학생이 됐을 때는 이른바 걸 패션지들이 쏟아져 나오기 시작했다.「에꼴」「키키」「신디 더 퍼키」「유행통신」「쎄씨」, 10대 소녀들을 겨냥한 잡지들이었다. 김민희, 배두나, 이요원, 공효진, 김효진, (양민아이던 시절의) 신민아 등 현재는 훌륭한 배우로 활동하고 있는 모델들도 덩달아 쏟아져 나왔다. 팔다리는 길쭉길쭉했고, 파란색 아이섀도를 눈두덩이에 칠해도, 실핀으로 앞머리를 이마에 깻잎처럼 붙여도, 정체 모를 삐죽삐죽 헤어스타일을 해도 이상하기는커녕 마냥 예뻐 보였다.

당시 걸 패션지들은 십대 소녀들이 무엇을 꿈꾸는지 제법 정확하게 알고 있었다. 크리스마스 전에 간행되는 잡지에는 집에서 친구들과 작은 파티를 여는 방법이나 앞에서 언급한 모델들의 계획에 관한 기사가 반드시 실렸다. "민희는 이번 크리스마스이브에 친구들과 압구정에 놀러 갈 예정이래" 따위의 설명과 함께. 크리스마스에 부모님으로부터 인형을

---

* 금하출판사에서 나온 '소라' 시리즈 중 한 권으로, 패션과 헤어스타일, 애티튜드 등에 대한 가이드가 담겨 있었다.

받거나 가족과 치킨을 먹는 것 이상은 상상할 줄 몰랐던 열댓 살의 나는, 크리스마스 파티든 뭐든 하고 싶어도 사진이 예쁜 페이지를 오리고 접어 친구들에게 보낼 카드를 만드는 일로 만족해야 했다. 김민희 화보로 카드 봉투를 만들고, 이요원 화보에 하얀 종이를 덧붙여 편지지를 만드는 식으로.

잡지에서 좋아한 또 다른 코너 중 하나는 스트리트 패션 페이지였다. 거기 실린 사람들은 당연히 대부분 서울 출신이었고, 그때까지만 해도 부산을 벗어난 적이 거의 없었던 나로서는 그 페이지가 충격적이기까지 했다. 토미힐피거나 캘빈클라인 같은 '메이커' 옷을 입은 사람들이 이렇게 많다니! 이렇게 통 넓은 바지를 입고도 하나도 촌스럽지 않다니! 피부가 뽀얗고 웃는 얼굴이 산뜻한 사람들도 이렇게나 많다니! 친구들과 잡지를 뒤적이며 부러운 듯 대화를 나누기도 했다. "여기 찍히면 기획사에서 연예인으로 캐스팅해 가기도 한대."

이마에 갓 여드름이 올라오기 시작한 중학생을 패션지의 세계로 이끈 것은 뭐니뭐니 해도 부록이었다. 멋을 부릴 만한 화장품을 살 돈은 언제나 턱없이 부족했다. 일주일 용돈 만 원, 그나마도 월요일마다 친구들이랑 떡볶이나 햄버거나 닭갈비볶음밥을 사

먹고 노래방 가느라 다 써버리기 일쑤였던 청소년에게 화장품 살 돈 같은 게 있었을 리 없다. 엄마에게 사달라고 조르는 건 더더욱 불가능한 일이었다. 내가 갖고 싶은 건 로션이나 스킨이 아니라 피부를 보송보송하게 보이게 할 파우더와 입술, 눈에 바를 색조 제품이었으니까. 잡지에 딸려 오는 갖가지 화장품들은 일탈 아닌 일탈의 기분을 느끼게 해주었다. 보랏빛이 도는 프레스드 파우더라든가(이걸 얼굴 전체에 발라서 어쩌겠다는 말인가?), 틴트도 아니고 단지 입술에 번들거림을 더해줄 뿐인 립글로스(지렁이 기름을 짜서 만든다는 소문이 돌았던 그것) 같은 걸 그저 잡지만 사면 받을 수 있었던 것이다. 그렇게 받은 화장품으로 어설픈 화장을 하고, 어쩐지 살짝 어른에 가까워진 기분으로 친구들 사이를 활보하고는 했다.

하루는 눈썰미 좋은 숙모가 화장을 한 채 동네에서 놀고 있던 나를 발견하고 "효진이 얼굴에 뭐 발랐노?"라고 물었지만, 나는 끝까지 맨얼굴이라고 우겼다. 어른들이 몰랐을 리 없지만, 숙모도 엄마도 다음부터는 절대 화장을 하지 말라고 주의시키거나 왜 거짓말을 하느냐고 추궁하지 않았다(다른 건 몰라도 그 건은 감사했습니다.)

"맨 얼굴도 예쁜데 왜 그 고운 피부에 화장을 하니?" "옷은 학생답게 수수하게 입으면 되지. 엄마가 사주는 옷만 입어." 이런 말들에 익숙했던 나에게 걸 패션지들은 하고 싶은 대로 꾸미며 살아봐도 좋다고, 절대 나쁜 게 아니라고 이야기해주었다. 맨날 언니랑 싸웠다고 하면서도 언니가 입는 옷을 물려받거나 같이 입는 친구들을 부러워했던 외동으로서, 패션지를 보는 건 세련되고 다정다감한 언니들 몇 명을 옆에 둔 기분과도 같았다.

그러나 어느 순간 죄다 없어져버렸다. 걸 패션지는 왜 자꾸 없어지는 걸까? 한가하게 잡지나 읽을 시간이 청소년들에게는 없어서? 청소년 타깃 잡지는 돈이 되지 않아서? 아니면 모든 정보를 SNS에서 얻을 수 있는 시대가 되었기 때문에? 아마도 이런 이유들이 조금씩 전부 작용했을 것이다. 하긴 인스타그램에서 인기가 많은 계정이나 쇼핑몰의 연출 사진만 봐도 무엇이 유행인지, 어떻게 입고 어떻게 꾸미면 예쁜지 쉽게 눈치 챌 수 있다.

여전히 잡지 읽는 걸 좋아하는 나는 요즘엔 「퍼지(FUDGE)」나 「크루엘(CRUEL)」 같은 일본 패션지를 본다. 사실 30대보다는 어린 여성들을 타깃으로 하는 잡지지만 영원한 패션 초보에게는 그런 사실 따위 중요하지 않다. '남성용 피케 티셔츠에 풀스커트를 매치하는 것도 꽤 괜찮군', '발목까지 오는 보이프렌드핏 청바지에 양말과 단정한 구두를 신는 것도 예쁘잖아?' 이번 가을에도 기초적인 코디네이션 공식을 배우는 데 잡지의 도움을 크게 얻고 있다. 덕분에 패션 테러리스트는 겨우 면한 것 같다.

김수근 화보와 H.O.T. 사인을
바꿔드립니다

"아이돌 그룹을 인터뷰할 때는 최대한 자잘한 질문들을 하는 게 좋아. 사소한 이야기가 많이 나올수록 팬들이 관심을 갖고 읽을 수 있거든."

「텐아시아」에 입사해 처음으로 아이돌 그룹을 인터뷰하러 가게 됐을 때, 한 선배는 나에게 이렇게 조언했다. 당시의 나는 오랫동안 아이돌계를 떠나 있었어서 잘 몰랐던 사실인데, 팬들이 인터뷰에서 하나하나 곱씹을 수 있는 부분이 많을수록 좋다고 했다. 그걸 '떡밥'이라고 부른다고도 했다. 실제로 인터뷰 기사가 나온 후에 포털사이트에서 조금만 검색을 해봐도 알 수 있다. 팬들은 기사를 가져가서 가장 좋았던 부분, 누군가의 대답 안에 숨어 있는 의미, 멤버들 간의 관계성과 캐릭터, 인상 깊거나 뿌듯했던 부분을 하나하나 되짚어보고는 한다.

팬들이 씹고 뜯고 맛보고 즐기는 게 어디 인터뷰뿐일까. 아이돌 시장 자체가 예전보다 마니아 중심으로 돌아가게 되면서 팬들과 아이돌의 거리는 훨씬 더 좁혀졌다. 그리고 그만큼 덕후들을 만족시키기 위한 콘텐츠도 엄청나게 늘었다. 시대가 변하고 기술이 좋아졌으니 당연한 결과기도 하다. 네이버 '브이앱'으로 공식 행사는 물론 촬영 중간에 대기하는 모습 같은 자연스러운 광경도 노출하는가 하면,

TV가 아니더라도 유튜브 등으로 리얼리티 프로그램을 공개하기도 한다. '떡밥'이 많을수록 초기 팬덤을 모으기 쉽고 성공 확률이 높다는 건 이제 아이돌 업계에서는 기본 상식이다. 앨범마다 랜덤으로 들어 있는 멤버별 포토카드, 가끔 나오는 화보집, 연말에 판매되는 달력 같은 시즌그리팅, 콘서트 영상, 각종 잡지 화보들, 여기에 '홈마'*들이 촬영한 콘텐츠까지, 아이돌을 소비하는 방식은 감당할 수 없을 정도로 다양해졌다. '팬질'도 여간 부지런해서는 될 일이 아니겠다 싶다. 볼 게 많아 좋긴 하지만 그만큼 챙겨야 할 게 너무 많다. 옛날과는 아예 비교 자체가 되지 않는다.

나로 말할 것 같으면, 인생의 첫 아이돌은 김원준이었다. 엄마와 할머니의 말에 따르면 너덧 살 때는 버스 안에서 큰소리로 〈담다디〉를 열창할 정도로 이상은을 좋아했다지만, 그것은 기억나지 않

---

* '홈마스터'의 줄임말로, 아이돌의 사진과 영상을 고퀄리티로 찍어 팬들 사이에서 인정받는 사람들을 가리킨다. 홈마가 찍는 콘텐츠의 퀄리티가 팬덤 확산에 영향을 끼친다는 말도 있을 정도로 아이돌 시장에서는 중요한 존재로 여겨진다.

는다. 김원준과 신승훈을 지나 R.ef의 이상욱을 아주 잠깐 좋아했고, 초등학교 고학년이 되었을 무렵 H.O.T.가 데뷔했다. 그러나 변덕스러운 성격답게 H.O.T.에서 젝스키스로, 거기서 또 클릭비로, 마침내는 문차일드*까지 덕질은 뻗어나갔다.

이름만 들으면 누구나 다 아는 H.O.T.나 그들의 라이벌로 등장해 역시 유명한 젝스키스, 데뷔는 조금 늦었지만 빠르게 팬덤을 늘려간 신화에 비하면 내가 좋아한 클릭비도 문차일드도 마이너한 아이돌이었다. 한 반에 이들을 좋아하는 친구가 나 말고 한 명 정도 더 있으면 많은 편일 정도였다. 마이너한 아이돌을 좋아해본 사람이라면 안다. 덕질도 마음대로 하기 어렵다는 사실을. 아니 무슨 '떡밥'이 있어야 흥이 나지!

어쩌다 KBS〈가요톱텐〉이나 엠넷〈쇼! 뮤직탱크〉같은 음악 프로그램이 부산으로 공개 녹화를 와도 지방에 큰 팬덤이 존재하지 않는 팀의 팬들은 팬클럽 단위로 움직이기가 어려웠다. 어쩌다 팬클럽 쪽에서 표를 받아 입장할 수 있다 해도 진행이 능숙

---

*   현 엠씨더맥스. 지금과는 달리 배우 허정민이 탈퇴하기
     전이었고 나는 허정민을 좋아했다.

하지 않아 결국 각개전투를 벌여야 하는 상황이 온다. 한번은 조성모의 팬인 친구들을 따라 팬클럽 '마리아'인 척 줄을 서서 공개방송에 들어간 적도 있다. 문차일드의 경우, 팬클럽 '월아지기(이 단어를 쓰거나 발음하는 건 그때나 지금이나 똑같이 부끄럽다)'의 상아색 우비를 받으러 부산경남 지역 팬클럽 회장이 대기하고 있는 장소에 가보면 한두 명의 팬만이 눈에 띄는 지경이었다.

문구점에서 파는 한 장에 400원짜리 사진도 종류가 다양하지 않았다. H.O.T. 같은 팀이야 멤버당 열 몇 개의 다른 포즈로 사진이 나오지만, 마이너한 아이돌은 그저 사진이 있다는 사실만으로도 감사해야 했다. 덕질을 하고 싶다면 음악방송을 녹화해서 그야말로 외울 정도로 돌려 보고 또 돌려 보는 수밖에 없었다. 미리 사놓은 모든 공테이프에 음악방송 무대를 녹화하고도 모자라 내 유치원 재롱잔치 모습이 담긴 테이프까지 동원해야 했던 건, 어쩔 수 없는 선택이었다.

상황이 이렇다 보니 자료는 무엇이든 소중했다. 그중에서도 아이돌 잡지에 실린 화보란 절대 포기할 수 없는 '굿즈'였다. 1990년대 후반에서 2000년대 초반까지, 아이돌 사진을 얻을 수 있는 곳이라고는 천리안이나 나우누리, 하이텔에 개설된 해당 가수의 팬클럽 '동' 아니면 잡지뿐이었다. 그러나 어찌된 일인지 우리 집 컴퓨터에는 천리안, 나우누리, 하이텔 그 무엇도 깔려 있지 않았다. 나는 종종 친구에게 매점에서 브이콘과 기다란 소보로빵, 게살튀김 같은 것을 대접해가며 좋아하는 팀의 사진을 부탁해야 했다. 그렇게 해서 받은 사진이 말짱했느냐 하면, 잉크젯 프린터로 뽑은 사진은 반드시 사람의 머리카락이나 옷 부분에서 잉크가 심하게 낭비되는 바람에 내 손으로 넘어왔을 때는 축축해질 대로 축축해졌다가 오그라들어 주름진 종이 한 장에 불과했다. 이 또한 2000년대 초반의 일이다.

그러니까 아무래도 잡지를 직접 사는 것이 최선의 선택지였다. 물론 무슨 조명을 쓴 건지 잡지 속 아이돌의 눈은 별을 박아놓기라도 한 듯 기이하게 반짝거렸고, 피부는 하얗다 못해 코가 없어질 정도로 보정되어 있었지만, 그것이 구할 수 있는 최고 양질의 사진이었다. 때문에 「뷰」「토마토」「파스텔」「주니어」「틴스타」 같은 아이돌 잡지에 내가 좋아하는 아이돌의 화보와 인터뷰가 몇 페이지나 등장하는지 체크하는 일은 매달 빼먹을 수 없는 스케줄이었다. 직접 눈으로 보고 확인하지 않으면 알 수 없었기 때문에 서점과 문구점에 꼭 들러 저 잡지들을 하나하나 열어봤지만…. 실은 모두 인기가 크게 없는 아이돌이었으므로 아예 실리지 않거나 한두 페이지만 나와도 감지덕지인 경우가 대부분이었다. 아무리 팬이라지만 지갑 사정이 뻔한 학생에게는 몇 번을 따져봐도 손해였다. 단 한두 페이지의 화보를 얻으려고 일주일 치 용돈의 대부분을 잡지에 쏟아부어야 한단 말인가.

그래서 고안해낸 방법은 다른 친구와 잡지를 교환하는 것이었다. '이번 달에는 내가 「토마토」를 살 테니, 너는 「파스텔」을 사렴.' 그리고 그 안에 친구가 좋아하는 아이돌의 화보가 있으면 깨끗하게 잘라 상대방에게 줬다. 마이너한 아이돌을 좋아하면서도 매달 꼬박꼬박 아이돌 잡지를 사들이는 나는 H.O.T.나 신화를 좋아하는 친구들에게는 거래 희망 1순위 대상일 수밖에 없었다.

문제는 인기 많은 아이돌을 좋아하는 그 많은 친구 중 누구와 거래를 할 것인가였다. 교실에서 벌어지는 대부분의 일이 그렇듯, 잡지 교환 또한 관계 맺기와 별개일 수 없었다. 이 친구하고만 거래를 하면 저 친구가 삐칠 수도 있다. 그럼 다음 번에 그 친구가 산 잡지에 내가 좋아하는 아이돌이 나와 교환

하고 싶어도 해주지 않는 불상사가 벌어질지도 모른다. 그런 식으로 H.O.T. 화보를 찢어주고, 신화 화보를 찢어주고, g.o.d 화보를 찢어주고 나면 정작 나한테 남는 건 몇 페이지 되지 않을 때도 많았다.

문차일드가 아니라 솔로 가수 김수근을 좋아했던 어느 날은 이런 일이 있었다.* 당시 나는 H.O.T.의 친필 사인을, 그것도 'To. 효진에게'라 쓰여 있던 친필 사인을 지인을 통해 어렵게 구해 몇 년 동안 고이 소장하고 있었다. 그러다 마음이 떠나 자연스럽게 사인도 필요 없게 되었다. 그런데 김수근의 화보 몇 페이지가 실린 잡지를 갖고 있던 친구가 마침 H.O.T.의 팬이었다. 나는 그 몇 장을 갖고 싶어 친구에게 거절할 수 없는 파격적인 제안을 했다.

"내한테 H.O.T. 멤버별 친필 사인이 있는데, 그거 줄게, 김수근 사진 내한테 도(줘)."

"진짜? 내야 좋지. 내일 학교에 가지고 온나. 내도 잡지 갖고 올게."

이 거래를 지켜보던 친구들은 나를 말리려 혼

---

* 집중력을 향상시켜준다는 엠씨스퀘어 광고에서 뿔테 안경을 쓴 맹한 얼굴로 "그냥 열심히 하는 거지, 뭐"라고 말하던 그 김수근 맞다.

신의 노력을 다했다. 왜 H.O.T.가 아니라 김수근을 좋아하냐, 아무리 그래도 사인은 너무 아깝지 않냐, 나중에 분명히 후회할 거다, 걔한테 그렇게 쉽게 줘버릴 거면 진작 나한테 주지 그랬냐…. 결국 김수근의 잡지 화보와 H.O.T. 친필 사인 교환식은 거행되고야 말았다. 뒤늦게 사실을 고백하자면, 나는 김수근을 좋아하는 만큼이나 그 친구를 좋아했기 때문에 귀한 물건을 주면서라도 그 친구와 더 친해지고 싶었다.

김수근의 그 화보를 오늘날까지도 소중하게 간직하고 있었다면 이 에피소드는 더욱 훈훈하게 마무리되었을 것이나 나도 모르는 새 버렸는지 아예 없다. 없다고 확신한다. 종종 김수근을 떠올리기는 하지만 그리움이나 한 줌의 애정이 그에게 남아서라기보다는 그저 90년대의 가수 중 한 명을 추억하는 일일 뿐이다.

H.O.T. 친필 사인을 받은 그 친구가 지금 어떻게 지내고 있는지 또한 나는 전혀 알지 못한다. H.O.T. 서울 콘서트에 가려고 선생님께 거짓말을 하고 조퇴했을 만큼 열정적인 팬이었으니 혹시 지금도 누군가의 팬으로 살아가고 있는 건 아닐까. 나중에는 g.o.d를 좋아하게 돼서 부산경남 지역 팬클

럽 회장에 지원한다고 했었는데, 결국 됐을까. 모르 겠다. 아마 친구도 나와 비슷하겠지. H.O.T.의 친필 사인이 어디 있는지, 김수근 화보 몇 장에 그걸 넘겨 준 친구, 내가 어디서 어떻게 살고 있는지 알지 못하 는, 혹은 떠올리지조차 않는 어른이 되었을 것이다.

니혼고오 벵꾜시마스

인터넷 서점의 무서운 점은 이것이다. 어떤 책을 보고 있으면 그 책을 샀거나 본 독자들이 다른 책은 어떤 걸 샀는지 줄줄이 꺼내 보여준다. 나처럼 귀가 얇고 충동구매를 즐기는 사람은 이런 식의 추천에 약하다. 이런 거 뭐 다 상술이지, 하면서도 하나하나 클릭해 확인해본다. 일본 잡지들을 하나둘 사 보게 된 것도 인터넷 서점 때문, 아니 덕분이다. 우연히 「뽀빠이」를 사고, 「브루타스」를 알게 되고, 「&프리미엄」과 「하나코」와 「오즈」를 읽고, 「퍼지」와 「크루엘」과…. 일본 잡지를 연구라도 하는 사람처럼 추천이 뜨면 뜨는 대로 샀다. 원래 잡지를 좋아했으니 집착적으로 사게 된 건 자연스러운 일이었다.

해외 잡지의 특성상 현지에서 발간되는 날짜보다 훨씬 뒤에나 한국으로 수입된다. 주문을 해놓고도 한참을 기다려야 한다. 그렇게 기다려서라도 샀다. 그 후에는? 택배가 도착한 당일, 신나게 포장을 뜯어, 잠깐 뒤적이며, 휘리릭 사진만 보고, 방치해둔다. 일본 잡지를 사서 내가 소유했다는 감각이 중요했을 뿐, 이 잡지에 어떤 내용이 담겨 있는지 들여다보는 데는 별 소질이 없었다. 잡지를 읽었다거나 봤다고 할 수도 없다. 그야말로 나는 잡지를 구경한 것이다.

이유는 간단하다. 일본어를 전혀 몰랐기 때문이다. 아무리 잡지가 이미지의 예술을 잘 보여주는 매체라지만, 사진만 봐서는 해소되지 않는 게 있다. 일단 무슨 특집인지 제대로 알 수가 없고 이 주제로 어떤 기획을 만들었는지 자세히 파악할 수도 없다. 커버에 음식 사진이 있으면 '음식 특집이군!' 강아지 사진이 있으면 '강아지 특집이군!' 짐작할 뿐이다. 표지만 보고 골랐다가 낭패를 본 적도 있다. 「브루타스」의 '스나쿠(スナック)' 특집호는 제목만 더듬더듬 읽고 스백, 즉 과자 특집인 줄 알고 샀다가 하나도 읽지 못하고 그대로 버려야 했다. 스나쿠 특집은 스백바, 일본의 옛날식 바 특집이었다. 괴지와 옛날식 술집이라니, 간극이 커도 너무 컸다. 어째서 사전을 찾아볼 생각조차 하지 않았던 걸까.

대부분의 한국 사람에게 영어가 그렇듯 일본어 역시 배울 기회가 부족했던 것도 아니고 배운 적이 없었던 것도 아니다. 근성을 갖고 길게 공부해본 적이 없었을 뿐이다. 대학생 시절 잠깐 학원에 다니면서 히라가나와 가타카나, 간단한 인사말 정도를 공부한 게 전부였다. 그나마도 가타카나는 어떻게 읽고 쓰는지 안다고 할 수 없을 정도로 애매하게 기억하고 있었다. 이래서야 일본 잡지를 읽는다고 할 수가 없지 않나! 약 10년 만에, 오로지 일본 잡지를 보려고 학원에 등록했다. 레벨 테스트를 받을 실력도 되지 않을 테니 초급 1단계부터 천천히 배워보기로 마음먹었다.

회사원으로 살면서 학원까지 다니는 건 아무리 수업이 일주일에 두세 번뿐이라 해도 상상 이상으로 고단한 일이었다. 매 시간 숙제가 있었고, 수업 시간마다 쪽지시험도 있었다. "인사말을 써오세요." "이 질문에 대한 답을 길게 써오세요." "이 한자를 히라가나로 써보세요." "이 가타카나를 읽어보세요."

그 와중에 나를 가장 곤란하게 만든 것은 역시 '왜 일본어를 공부합니까?'부터 줄줄이 이어지는 질문들이었다.

"도시떼 니혼고오 벵꾜시마스까?"
(왜 일본어를 공부합니까?)

"에…, 니혼노 잣시오 요꾸 요미타이데스."
(음, 일본 잡지를 잘 읽고 싶습니다.)

"시고토데스까, 슈미데스까?"
(일입니까, 취미입니까?)

"슈미데스."
(취미입니다.)

미리 준비하지 않은 질문에 답변을 해야 하는
게 고통스러운 학생의 상황과는 관계없이, 어떻게
든 회화 연습을 더 시키려는 선생님의 노력은 계속
된다. 선생님, 저는 학원에서 그 정도로 본전을 뽑을
생각이 없습니다만…. 어쨌든 꾸역꾸역 대화를 이어
나가다 보면 결국 이야기는 여기까지 도달한다.

　　"돈나 잣시가 스키데스까?"
　　(어떤 잡지를 좋아합니까?)
　　"뽀빠이또까 브루타스또까가 스키데스."
　　(「뽀빠이」나 「브루타스」를 좋아합니다.)
　　"도시떼 소노 잣시가 스키데스까?"
　　(왜 그 잡지를 좋아합니까?)

　　(어, 잠깐만요. 그건 고민해본 적 없는데요.)

　　"음…. 오모시로이데스…."
　　(음…. 재미있습니다….)

　　당연히 재미있으니까 좋아하겠지. 'Water is
wet' 같은 말을 답변이랍시고 내놓을 수밖에 없었던
일본어 초심자의 슬픔이 느껴지는지. 선생님도 아마

좀처럼 늘지 않는 학생의 실력에 깊은 슬픔과 분노를 함께 느꼈을 것이다. 주제가 다양하다거나, 편집이 마음에 든다거나, 기획력이 좋다거나 하는 말은 일본어로 어떻게 하는지 알지도 못했을뿐더러 일본 잡지를 열심히 모으면서도 단 한 번도 생각해본 적 없는 부분이기도 했다. 왜 잡지를 좋아합니까? 그 잡지의 어떤 점을 좋아합니까?

외국어를 배우기 시작하면서부터, 그러니까 지극히 제한된 언어로밖에 표현할 수 없는 상황에 처하면서부터 오히려 나는 왜 그것을 좋아하는가, 근본적인 이유를 고민해보게 되었다. 쉽고 단순한 단어들로, 차근차근.

지금은 일본 잡지의 커버 제목 정도는 간단하게 읽을 줄 안다. 잡지를 왜 좋아하는지, 내가 좋아하는 잡지는 어떤 내용을 다루는지, 그 잡지를 좋아하는 이유는 무엇인지 서툴지만 일본어로 설명할 수도 있다.

일본에 놀러 가서 글자를 읽지 못해 아무것도 사지 못하거나, 무서워서 프랜차이즈 아닌 식당에는 들어가지도 못하는 일도 거의 없다. 3년 전쯤 일본어를 모르는 채로 후쿠오카에 갔을 때, 높은 건물마다 적혀 있는 'ビル(비루, 빌딩)'라는 글자를 보며 '음,

이렇게 사무실처럼 생긴 곳마다 맥줏집이 있다니 일본은 역시 신기하네!' 이렇게 착각한 적도 있지만, 이제는 'ビル'와 'ビール(맥주)'가 다르다는 것 정도는 안다.

물론 아직도 일본어 실력은 초급에 가깝다. 그래도 잘 모르는 단어는 사전을 찾아 번역해가며 어떻게든 읽어보려고 노력한다. 좋아하는 것이 주는 힘 그리고 그것을 목표로 두었을 때의 에너지란 그냥 '해야 하니까' 할 때와는 비교할 수 없이 강한 모양이다.

여전히 일본 잡지를 제대로 읽지는 못한다. 학원에서 배운 단어들과 중고등학교 때 배운 한자로 어떤 내용인지 대충 눈치는 채지만, 읽는다고 하기에는 아직도 민망한 수준이다. 여전히 사진만 슥 보고 침대 한쪽 구석에 잡지를 던져두기도 한다. 한 글자 한 글자 더듬더듬 읽어나가다가 속이 터져 덮어버리는 때도 있다. 그래도 언젠가는 나아지겠지. 어쨌거나 계속해서 읽고 있으니까. 영원히 한국어만 알다가 죽을 수도 있었는데, 일본어라는 언어를 배우고 그나마 몇 마디라도 할 줄 알게 돼서 얼마나 다행인가.

"와따시와 잣시가 스키데스."

(나는 잡지를 좋아합니다.)

"잣시노 나카데와 뽀빠이또 안도프리미아무가
이찌방 스키데스."

(잡지 중엔 「뽀빠이」와 「&프리미엄」이 제일 좋습니다.)

"젠부 샤싱모 키레이다시, 나니요리 와따시타
치노 세이카츠노 나카데 주요나 코토니 쯔이떼 하나
시마스."

(전부 사진도 예쁘고, 무엇보다 우리 생활에서 중요한 것에
대해 이야기합니다.)

"잣시데 이론나 코토오 미나가라, 와타시노 세
이카츠모 단단 요쿠나루또 오모이마스."

(잡지에서 여러 가지를 보면서, 내 생활도 점점 나아진다고
생각합니다.)

"못또 요쿠 쿠라시타이데스."

(좀 더 제대로 살고 싶습니다.)

이사를 해야 비로소 보이는 것들

'이걸 다 가지고 간다 치면, 책을 몇 권이라고 입력해야 하는 거지?'

　이사를 준비하는 과정에서 가장 큰 골칫거리는 의외로 이래저래 모아둔 책들이었다. 이삿짐 센터를 알아보기도 귀찮고, 딱히 알고 지내는 용달차 사장님도 없는 터라 스마트폰에서 이사업체 앱을 다운받아 짐을 하나하나 입력하던 차였다. 좁은 원룸에서 최대한 몸을 가볍게 하려고 단행본은 읽고 나면 그때그때 중고서점에 팔았기 때문에 몇 권 남아 있지 않았다. 인터넷 서점 혹은 여행지에서 구매한 해외 서적들은 언제 또 구할 수 있을지 모르니 버리거나 팔기보다 어찌 됐건 가지고 있는 게 나았다.

　그런데 잡지는?「뽀빠이」「브루타스」「데이즈드 앤 컨퓨즈드」「W」「보그」「GQ」「쎄씨」「매거진 B」「카사 브루타스」「&프리미엄」「얼루어」는? 열심히 사 모았을 뿐 아니라 한 번씩 외부 필자로 참여해서 받은 잡지들로 이미 조그만 책장 두 개는 물론 옷장 위 공간, 냉장고 위 큰 서랍까지 가득 차 있었다. '지금보다 넓은 집으로 가니까 한 권도 버리지 말고 다 챙겨야지.'

　그렇게 이사업체 앱에 책을 열 권, 열 권에서 스무 권, 스무 권에서 서른 권, 서른 권에서 마흔

권… 숫자를 늘려 입력하다 힘이 쭉 빠졌다. 아니, 원룸에 사는 주제에 어쩌자고 잡지 같은 걸 이렇게 많이 사서 버리지도 않은 거야?

다 갖고 가는 건 포기하자. 잡지들을 분류해야 할 타이밍이었다. 오랫동안 가지고 있었지만 몇 번 펼쳐보지 않은 것, 없어도 아쉽지 않은 것은 버리자. 보든 안 보든 절대 버리지 못할 것만 챙기자. 팔을 걷어붙였다.

사진술에 관한 일본 잡지 두세 권. 필름카메라 두 대를 가지고 있을 뿐 사진을 어떻게 찍는지도 모르고, 사진에 대한 이야기를 다 알아들을 정도로 일본어를 잘하지도 않으면서 단지 그럴싸해 보인다는 이유로 샀었다. 다 버려도 되겠네.

「뽀빠이」 중에서도 손에 꼽을 만큼 좋아한 '도쿄 잇 업 가이드' 특집. 식당이나 카페는 시간이 지나면 사라지기 마련이니까 이건 이제 쓸모가 없어졌겠지. 버리거나 팔 것.

매 호 하나의 브랜드를 가지고 한 권을 만들어 내는 잡지. 생각보다 많이 보지 않았으니까 이건 미련 없이 팔아도 될 것 같다. 네이버 카페 '중고나라'에 한번 올려볼 것.

원고를 쓰고 받은 잡지들. 아, 패션지는 너무

두껍고 무겁다. 그게 제일 문제다. 그래도 내가 쓴 글들이 실려 있고, 애써 챙겨 보내준 분들을 생각해서 최대한 챙겨볼 것.

화보 몇 페이지가 좋아서 사들인 잡지들. 이건 간단하다. 그 페이지만 칼로 잘라 스크랩해 보관하면 된다.

이런 식으로 가지고 있던 잡지의 절반 이상을 처리하기로 결심했다. 각오는 했으나 실제 작업은 그보다 훨씬 더 고단했다. 쓸모를 분류하는 일도 고단했거니와, 버리거나 팔기로 결정한 후에도 혹시나 더 읽을 부분이 있는데 놓친 건 아닌지, 잘못된 판단을 하지는 않았는지 쌓아놓은 걸 다시 하나씩 펼쳐서 보고 또 보느라 더 지쳐버렸다. 아무튼 그렇게 나름 엄정한 기준에 따라 꼼꼼하게 체크해 처분하고 이사를 마쳤다.

그리고 이사한 지 한참 지난 지금, 왜 버렸을까 후회되는 잡지들이 몇 권 있다. 고양이를 키우는 사람들을 인터뷰해서 만든 「캣피플」. 딱 한 권 발행된 잡지인데 매거진 홈페이지에 들어가 보니 품절이다. (왜 버렸지?) 그리고 「브루타스」의 '개란…' 특집. 『오늘의 네코무라 씨』라는 만화를 그린 호시 요리코의 개 그림 스티커도 그 안에 들어 있었는데 이사 당시에는 별 생각 없이 버렸다. 이건 다시 구할 수 있겠지만 한번 버린 잡지를 다시 사는 짓을 하고 싶지는 않다. (그러게 왜 버렸을까?) 텀블벅으로 구매한 게이 잡지 「뒤로」의 창간호. (이건 또 왜?) 그 많은 짐에서 고작 잡지 몇 권 더 덜어내는 게 뭐 그리 중요하다고 이걸 다 버렸는지…. 더 나은 삶을 살기 위해 이사하는데, 더 나은 삶을 바라며 쌓아온 것들을 이렇게나 많이 덜어내야 하다니, 조금은 쓸쓸했다.

자취 생활을 시작한 후로 그릇이라고는 다이소에서 구색 맞추기용으로 산 밥그릇 국그릇 몇 개와 투박한 머그컵 두 개 정도밖에 없을 때, 단지 깔끔한 그릇이 정갈하게 정돈돼 있는 사진을 보고 싶어서 잡지를 샀다. 보기에도 좋고 건강에도 좋은 음식을 해 먹고 싶지만 하루 종일 일에 시달리고 나면 아무것도 하기 싫어졌고, 그래서 편의점 도시락을 먹으며 보려고 음식 혹은 부엌 특집 기사가 실린 잡지를 샀다.

어디론가 여행을 떠나고 싶을 때, 새로운 풍경을 보고 싶을 때, 마감을 다 끝내고 편한 차림으로 침대에서 뒹굴며 여유를 부리고 싶을 때, 사무실에서 마감을 하다 도무지 풀리지 않아 근처 책방으로 잠시 바람 쐬러 나갈 때…, 그때마다 나는 잡지를 찾았다. 그러고 나면 잠깐이나마 뭔가 새롭게 해보고 싶은 의욕, 지금보다 나은 삶으로 나아갈 수 있다는 확신이 솟았다.

마거릿 애트우드가 쓴 『시녀 이야기』라는 책이 있다. 여성은 아이를 낳기 위한 도구이자 남성의 소유물일 뿐, 어떠한 사적인 욕망을 품는 것도 금지되어 있는 시대를 상상한 이 이야기에는 잡지의 본질을 꿰뚫는 중요한 구절이 등장한다. 이야기의 주인공인 '시녀'는 자신의 주인인 사령관으로부터 잡지를 은밀하게 건네받고, 잡지가 의미하는 바를 이렇게 해석한다.

> "(…) 잡지 속에 들어 있던 건 약속이었다.
> 잡지 기사들은 변화를 다루었다. 끝없이
> 이어지는 수많은 가능성들을 제안했다. (…)
> 그들은 모험 하나가 끝나면 또 다른 모험을,
> 패션이 하나 있으면 또 다른 패션을, 하나의
> 개선이 또 다른 개선을 넌지시 암시했고, 하나가
> 나아지면 다른 것도 낫게 만들라고 했다. (…)
> 잡지들이 진짜로 약속하는 바는 불멸이었다."

불멸까지야 모르겠지만, 잡지가 수많은 가능성과 끝없는 변화를 제안하고 보여주는 매체라는 점은 확실하다. '네가 지금까지 알아온 것, 알고 있는 것보다 더 좋은 것과 나은 것들이 있어.'

침대를 이쪽으로 두면 발밑에 화장실 입구가 닿고 저쪽으로 두면 머리맡에 싱크대가 닿을 정도로 협소한 원룸. 그런 공간에서 살면서 잡지를 사 모으며 은연중에 내가 기대한 것이 바로 그런 변화의 가능성 아니었을까.

지금은 여기서 살고 있지만, 지금은 마감에 치이느라 내 생활을 돌볼 여유를 갖지 못하지만, 언젠가는, 언젠가는…. 내 취향의 공간에서 내 취향의 그릇에 내 취향의 음식을 담아 먹으며 제대로 살아갈 수 있으리라는 믿음.

원룸을 떠나 이사 온 집은 방 두 개, 작은 욕조가 들어가기 충분한 욕실, 빨래 건조대를 펼치고 고양이 화장실을 놓고 택배 박스를 쌓아놓고 세탁기를 설치해도 좁지 않은 베란다, 요리하기 불편하지 않은 주방을 갖춘 빌라다. 이 집에서도 나는 잡지를 사 모으고 있다. 2년 후 혹은 그 후 언젠가 또다시 이사를 하게 될 때 역시 '아무리 그래도 잡지 같은 건 사 모으지 않는 편이 맞았다'고 후회하게 될지도 모르겠다. 그럼에도 일단은 계속 잡지를 산다.

　내가 좋아하는 잡지 「뽀빠이」의 '시티보이가 사는 법' 특집호 표지에는 이런 글귀가 쓰여 있다.

　"좋아하는 것에 둘러싸인 공간은 역시
　최고다!"

　그렇다. 방이 점점 좁아지든 점점 복잡해지든 '좋아하는 잡지로 둘러싸인 내 방은 역시 최고다.'

잡지로 인테리어를 배웠습니다

벌써 열 번 정도 된 것 같다. 이사 온 지 6개월 만에, 방 인테리어를 열 번쯤 바꿨다. 같이 사는 고양이들은 적응이 안 되는지 가구 위치가 바뀔 때마다 낯선 공간에 온 것처럼 여기저기 조심스럽게 돌아다니며 코를 킁킁댄다. 하우스메이트는 놀라지도 않는다. "효진 씨가 방 구조를 몇 번 바꾸는지 기록해놔야겠어요." 초반에는 이런 농담이라도 하더니 이제는 약간의 흥미조차 잃은 것 같은 눈치다. '또…? 그래 뭐, 알아서 해라.'

전에 살던 원룸에서는 방을 어떻게 꾸밀지 전혀 걱정할 필요가 없었다. 필요가 없었다기보다 꾸민다는 것은 하려야 할 수가 없는 방이었다. 냉장고, 옷걸이, 전자레인지, 벽걸이형 에어컨이 기본 옵션으로 이미 방에 들어가 있었다. 내가 넣은 거라곤 책상과 침대, 책장뿐이었다. 그래도 가끔 기분 전환 삼아 책장을 침대 옆에 놓았다가 책상 옆으로 옮기고, 침대를 가로로 놓았다 세로로 놓았다 했지만 화장실을 포함해 일곱 평 될까 말까 한 방에서는 뭘 어떻게 하든 그게 그거였다.

이사 온 방은 그 방보다 1.5배 정도 넓다. 그것도 화장실이나 주방을 빼고, 오로지 쉬고 일하는 것만 할 수 있는 온전한 내 공간만. 부동산에서 처음

집을 보여줬을 때는 짐이 가득 차 있어서 넓은지 잘 몰랐는데, 막상 이사를 와서 보니 꽤 너른 방이었다. 첫날, 원룸에서 가져온 매트리스와 행거만 놓여 있어 휑한 방 안을 둘러보며 생각했다. '여기를 뭘로 어떻게 채우지?'

　부모님과 함께 살 때도 내 방은 따로 있었지만, 이렇게 저렇게 꾸며봐야겠다는 생각은 없었다. 인형 몇 개를 놓고 귀여운 커튼을 다는 것 정도가 내가 할 수 있는 전부였다. 취향대로 방을 꾸며볼 수 있는 기회가 태어난 지 33년, 독립한 지 약 6년 만에 처음으로 온 것이다.

　그러나 좋은 공간이 주어졌다고 취향을 가꾸고 키워본 적 없는 인간이 방을 착착 꾸밀 수 있을 리 없다. 본격적인 인테리어 책은 너무 어렵고, 집 꾸미기 앱에 올라오는 남의 집 사진은 비슷비슷해 보였다. 덩그러니 놓인 매트리스 위에 엎드려 잡지를 뒤졌다. 가장 유심히 본 것은 「뽀빠이」의 '시티보이와 방' 특집호 그리고 독신남 100명의 집 이야기와 사진이 실린 「GQ」였다. 기하학적인 조명을 달고 작은 라운드테이블로 장식한 방, 디터 람스의 빈티지 가구―나로서는 처음 듣는 이름이었는데 보기엔 예쁘고 값은 비싸다고 한다―를 채워 넣은 방, 한쪽 벽면 전체에 책장을 짜 넣고 빈틈없이 책을 채워 넣은 방, 아주아주 큰 밥 말리 얼굴 무늬의 천을 벽에 걸어놓은 방…, 그중에는 내가 절대로 따라 할 수 없는 공간도 있었지만, 이 정도면 시도해볼 만하겠다 싶은 인테리어도 제법 많았다. 다음은 내가 잡지에서 영감을 얻은 인테리어들과 실제로 벌어진 일들이다.

1.
잡지: TV장식장 가운데 TV를 놓고, 그 양옆으로 책을 높이높이 쌓는다. 외국 집치고 좁은 방이라고 했다. 분명 책을 둘 자리가 없어 그렇게 쌓아놓은 것일 텐데, 분위기가 괜찮아 보였다. TV장식장 뒤쪽 벽에는 파란색 바탕에 커다란 하얀 꽃이 마구 그려진 포인트 벽지가 발라져 있다.
나: 이케아 TV장 위에 TV를 올리고, 그 양옆으로 잡지들과 작은 책들을 쌓아 올렸다. 높이는 TV에 살짝 못 미칠 정도로. 그럴싸한 인테리어를 노린 티가 난다기보다 누가 봐도 자리가 없어서 올려둔 모양새지만 나쁘지는 않다. 물론 나만 그렇게 생각하는 걸 수도 있다. 포인트 벽지는 시도조차 하지 않았다. 부산에서 부모님과 함께 살 때, 꽃무늬 포인트 벽지를 현관 입구 한쪽에 발랐다가 집을 장렬히 망

친 트라우마가 있다. 게다가 여기는 내 마음대로 할 수 없는 월셋집 아닌가.

2.

잡지: 침대 근처 벽에 못을 불규칙하게 몇 개 박아 거기에 모자와 가방 등을 주렁주렁 걸어둔다. 아니 잠깐, 벽에 못을 박는다고? 이렇게 좋은 집인데 월세나 전세가 아니라 자기 집인가? 아니면 외국에서는 월세라도 못을 여기저기 박아도 아무 문제 없는 걸까?

나: 월세 주제에 맞게 다이소에서 꼭꼬핀* 두 세트, 총 여섯 개를 샀다. 그중 세 개를 벽에 꽂고 천 가방 세 개를 걸어두었다가 귀찮아서 결국 다 치워버렸다.

3.

잡지: 침대 옆에 낮은 원형 탁자를 놓고 빨간색 체크무늬 천으로 살짝 덮은 다음, 음료나 물병을 올

---

* 벽지와 벽 사이 공간으로 핀을 찔러 넣는 방식으로 못을 박지 않고 무언가를 걸 수 있게 해주는 도구. 월세 세입자에게 더없이 소중하다.

려둔다. 방 안에 탁자를 설치하는 건 언제나 해보고 싶었던 일이지! 친구와 둘러앉아 티타임이라도 가진다면….

나: 정작 테이블을 들여놓고 나면 사용하지 않고 방치할 것 같아 포기했다. 그렇지, 티타임 같은 걸 가질 리 없지. 그리고 스틸프레임을 쓰는 바람에 의도치 않게 침대가 너무 높아져버렸다. 아기자기한 테이블 혹은 협탁과는 전혀 어울리지 않는다.

4.

잡지: 바닥에 멋스럽게 책을 쌓아둔다.

나: 얼마든지 할 수 있는 일이다. 곧바로 시도했다. 방에 상주하는 동거묘 두 마리의 털이 날릴대로 날려, 하루가 지났을 뿐인데 책 위에 뽀얗게 먼지가 쌓였다. 심지어 고양이들은 쌓아놓은 책을 캣타워쯤으로 여기는 게 분명하다. 폴짝 뛰어올라가 앉거나 도움닫기를 해서 다른 어딘가로 또 올라간다. 이러다가는 책이 남아나지 않을 것 같다.

5.

잡지: 커다란 컨테이너 박스를 잡동사니 보관함으로 사용하기.

나: 어디선가 본 것 같은 초록색 우유 박스 네 개를 인터넷으로 구매했다. 하우스메이트도, 집들이 날 놀러온 지인들도 하나같이 의아해한다. "방에 왜 저런 게 있어?"…… 상관없다. 두 개에는 그동안 모은 예쁜 종이들과 마스킹테이프를 넣어두고, 나머지 두 개에는 가방과 모자를 마구 접어 넣어두었다. 그랬는데…, 이 박스는 방 안 어디에 두어도 애매할뿐더러, 이제는 이 박스 저 박스를 구분하지 않고 아무 데나 아무것이나 넣고 있다. '중고나라'에다 팔아야 하나?

6.
잡지: 식물을 방 안 여기저기 놓아둔다.
나: 작은 테이블야자 화분을 하나 들였다. 실내에서 키우기에 비교적 수월한 식물이라고 했다. 고양이들이 잎을 전부 물어뜯는 바람에 이미 너덜너덜해졌다.

이 밖에도 잡지를 보고 이런 짓들을 했다.
침대가 창가에 있는 게 예쁜 것 같아 벽 안쪽에서 창가 쪽으로 침대를 밀어 옮겼다→창문이 동쪽으로 나 있어 이른 아침부터 강제로 기상하게 됐다.

예쁜 원단을 사서 소파에 아무렇게나 걸쳐 놔 보았다→모든 고양이 털을 끌어당기는 소파 커버가 되었다.

폭이 좁은 책상을 샀다→일하거나 공부를 할 때는 벽이 코끝에 닿을 지경이다.

그리고 결정적으로, 잡지에서 제안하는 인테리어를 그대로 따라 하기엔 장판 색깔이 엉망이었다. 뭘 올려놓아도 폼이 나지 않는, 한참 애매한 갈색의 장판.

어느 날은 호주 잡지 「프랭키(frankie)」에서 펴낸 『스페이시즈(SPACES)』라는 무크지를 샀다. 그동안 잡지에 소개되었던 집들을 모아 보여주는 책이다. 4만 원이 조금 넘는 가격, 프리랜서를 빙자한 백수로서는 부담스러운 비용이었으나 어쨌든 샀다. 친구와 함께 커피를 마시며 책을 구경했다. 못생긴 섀시 따위가 설치되지 않은 하얗고 단정한 창틀, 크고 밝은 창, 오로지 침대만 놓을 수 있게 설계된 공간, 귀여운 벽난로, 숲속 한가운데 있어 주변이 온통 푸르고 정원이 넓은 집, 화려한 벽지를 붙여도 이상해 보이지 않는 거실. 책장을 넘길수록 점점 표정이 어두워지던 친구가 말했다.

"만약 사정이 허락한다면요, 그러니까 공간의 넓이도 그렇고 사고 싶은 가구나 장식품을 다 살 수 있을 정도로 돈이 있다면, 내 취향대로 집을 꾸밀 수 있을까요? (책 속 사진을 가리키며) 말하자면 이런 겨자색 벽지 같은 걸 바른 집에다 거기에 어울리는 인테리어를 할 수 있느냐 이거죠."

"아니, 안 될 걸요? 취향을 가질 기회가 있었어야지. 저는 만약에 그만 한 돈이 생긴다면 무인양품 제품들로 다 채워버릴 것 같아요. 인테리어를 스스로 하기 어려우니까 차라리 그렇게라도 해버리면 깔끔하고 예쁘지 않을까요? 그렇다고 그걸 저의 취향이라고 할 수는 없을 테지만요."

"이건 약간 다른 이야기인데, 호주에서는 젊은 이들한테 독립할 수 있는 비용을 지원해준대요. 집이 너무 비싸니까. 한국도 똑같은데 왜…. 아, 너무 슬퍼지니까 그만 말할래."

층고의 차이, 창문의 모양새, 가구의 견고함, 원단의 다양함, 바닥과 벽의 센스, 결정적으로 비슷한 돈을 들여 구할 수 있는 공간의 크기. 잡지로 인테리어를 배우기에는 모든 면에서 외국과 한국의 차이가 크다. 그럼에도 나는 또 잡지를 사고 예쁜 집이

나온 페이지를 접어두었다가 또 한 번 방 안 구조를
바꾸게 될 것이다. 그러지 말고 미니멀리즘의 미학
을 실천하면 되지 않냐고? 이것만은 단언할 수 있다.
내 취향은 미니멀리즘과 거리가 많이 멀다.

수납의 기술

아침 식사 때마다 하우스메이트와 대화를 나눈다. 부엌에서 시리얼이라든가 빵, 샐러드, 과일 같은 먹을 것을 각자 준비해 작은 테이블에 마주 앉는다. 일하면서 힘들었던 것, 어제 본 미드나 일드, 집에서 키우는 고양이들의 웃긴 행동, 돈 이야기 등등 화제는 다양한 편이다. 엊그제는 '수납'이 화제에 올랐다. 지금 같이 사는 집에서 나보다 작은 방을 쓰고 있는 하우스메이트는 겨울이 가까워지며 옷 부피가 늘어나자 옷을 어디다 더 걸어야 할지 걱정스럽다고 했다. 경기도 안양에 있는 본가 역시 이사를 가야 할 때가 다 되어 부모님께서 '제발 네 짐 좀 빼라'고 성화신데, 도무지 뭘 버려야 할지 모르겠다는 말도 덧붙였다.

"버릴 게 있나 하나씩 살펴보는데 잡지도 몇 권 있더라고요. 그중에 예전에 산 「브루타스」도 있었고요."

(나는 이미 겪었던 일인 만큼 의연하게 조언했다.) "펼쳐보면 대강 이걸 가지고 있어야 할지 버려도 될 특집인지 판단이 서지 않나요?"

"그런데 커버 이미지가 예뻐서 산 것들이라, 다시 봐도 귀엽더라고요. 버리기가 영 아까워서…."

"그럴 수 있죠. 다른 건 또 뭐가 있어요?"

"뭐 그동안 받았던 편지들이나, 나머지도 그 비슷한 자질구레한 것들이에요. 그런 것들도 버릴 수가 없죠."

나에 비해 늘 정리정돈을 잘하고 방을 깔끔하게 관리하는 하우스메이트인지라 수납과 정리에는 아무런 문제가 없는 줄 알았더니 아니었나 보다. 나만큼, 아니 물건을 버리는 일에서는 나보다도 훨씬 더 서툰 사람이었다(그래도 물건을 신중하게 사는 편이라 나만큼 잡동사니들을 쌓아놓고 지내지는 않는 것 같다.)

"한국에 이케아를 론칭하면서 가장 신경 쓴 것은 수납 제품들이었습니다."

문득 몇 년 전 이케아 한국 론칭 행사에 가서 들은 관계자의 설명 중에서 인상 깊었던 이 말이 떠올랐다. 집값이 비싸고, 그에 비해 대체로 집은 비좁고, (요즘은 2계절뿐인가 싶기도 하지만) 4계절이 있어서 각 계절에 맞는 이불, 담요, 옷, 냉난방 기구 등 수많은 물건을 갖추고 살아야 하는 한국에서는 수납의 기술과 공간이 정말로 중요하다. 오죽하면 일정 비용을 받고 장기간 짐을 대신 보관해주는 서비스도 생겼을 정도다.

꾸준히 가난한 나라에서 살아온 탓에 뭔가를 좀처럼 버리지 않는 한국인의 특성도 여기 한몫할 것이다. 돌아가신 외할머니는 내가 뭔가를 버릴라치면 내 물건인데도 당신이 화를 내셨다. 사는 것만 좋아하고 아직 쓸 만한 걸 '휘딱' 갖다 버린다면서. 물건을 사고 곧 버리는 일이라면 나 못지않게 잘하던 엄마도 좀 더 나이가 든 요즘에는 뭘 버리는 걸 극도로 아까워한다.

내 방을 둘러본다. 앞서 나는, 이사를 온 후에도 잡지를 계속해서 모으겠다고 말한 바 있다. 그 결과는, 지금 내 눈앞에 있다. 잡지는 또 다시 방 구석구석 알뜰하게 자리를 잡았다. 일할 때 쓰는 책상 위에도, (아직 중고나라에 매물로 올리지 못한) 초록색 우유 박스 안에도, TV장식장 한쪽에도, 그 안에도, 침대 머리맡에 놓은 길다란 책상 위에도 잡지가 가득하다.

잡지뿐만이 아니다. 서랍 제일 위 칸을 열면 화장품 샘플과 드라이어, 고데기, 머리끈, 반지와 귀걸이, 화장솜 같은 것들이 한데 엉켜 뒹굴고 있다. 천가방은 나름대로 보관한답시고 보관해둔 것인데 실제로는 그냥 처박아놓은 모양새에 가까워서 매번 제일 위에 있는 것만 꺼내 쓰는 상황이다. 기분 내킬

때마다 사놓고 놔둘 자리가 마땅치 않아 역시 텔레비전 장식장 안에 처박아둔 실바니안 패밀리 장난감과 자질구레한 장식품 같은 것들도 한가득이다. 침대 아래 공간에는 이불과 여름옷 같은 것들이 뒤죽박죽 담긴 커다란 이케아 수납함이 세 개나 자리하고 있다.

'제대로 된 장식장이나 책꽂이가 없는 게 수납이 안 되는 근본적인 원인이 아닐까? 그렇다면, 마침 사고 싶었던 철제 4단 장식장이 있는데 하나 들여놓으면 어떨까?'

장식장을 들인다면 어디에 자리를 잡을 수 있을지 곰곰이 고민했다. 그리고 줄자를 들고 빈 공간의 넓이를 재봤다. 내 방 출입문 바로 옆 벽. TV장식장과 2단 행거가 있어 공간을 쥐어짜봐도 30cm 내외다. 다른 벽. 침대를 놓았더니 여유 공간 같은 건 없다. 또 다른 벽. 2인용 소파와 서랍식 옷장이 놓여 있는데 소파를 침대 쪽으로 바싹 붙인다면 40cm 정도 공간을 확보할 수 있을 것 같다. 마지막 벽. 바구니형 옷 수납함과 책상, 서랍장 그리고 책상 옆에 고양이들이 쉬는 라탄 바구니가 있다. 바구니를 다른 곳으로 치우면 작은 장식장 하나쯤 뭐, 못 놓을 이유도 없다.

'그래, 나는 새 가구를 사고 싶은 게 아니라 수납을 제대로 하고 싶은 거야.'

마음을 다잡고 인터넷으로 철제 장식장을 주문하려다, 최근 내 방을 방문한 친구 말이 떠올랐다. "네 방에는 이제 더 이상 뭘 더 들이면 안되겠다."

'음. 맞는 말이야.'

아무래도 나는 수납과 정리에 젬병이다. 더럽게 어질러놓은 채로 산다는 말은 아니다. 사람에게는 저마다 소질이 있다. 그리고 수납과 정리가 소질이 아닌 사람도 있다. 그리고 그중 하나가 나일 뿐이다. 그러나 소질이 없다고 마냥 손을 놓고 있을 수는 없는 법. 혹시 힌트를 얻을 수 있을까 싶어 (역시) 서점으로 향했다. 대단한 목적이 있었던 것처럼 말하고 있지만 특별한 이유 없이도 어떤 잡지가 나왔나 보러 서점에 가는 건 내 오랜 습관이라고 하지 않았던가. 잡지 매대에는 놀랍게도, 마치 나를 기다렸다는 듯 「까사 브루타스」의 '아름다운 수납술' 특집이 진열되어 있었다. 커버 사진은 깔끔하게 정리된 바인더와 책장에 가지런히 장식된 물건들. 그냥 수납술도 아니고 무려 '아름다운' 수납술이라니. 대단한 비법이 들어 있지 않을까 하는 기대로 잡지를 (또) 덜컥 사 들고 집으로 돌아왔다.

『우리 집엔 아무것도 없어』라는 만화가 있다. 일본의 유루리 마이라는 여성이 자신의 이야기를 그린 작품이다. 잡동사니를 쌓아두고 살던 생활과 이별하고 극도로 심플한 삶을 꾸려나가기 위해 노력하는 과정이 담겨 있다. 일본에서 한참 미니멀리즘 열풍이 불었을 때 출간되어 드라마로도 만들어졌고 한국에서도 적지 않은 관심을 받았다. 일본 또한 공간이 좁고 비싸기로 한국보다 심하면 심했지 결코 덜하지 않기 때문일 것이다. 유루리 마이는 결벽에 가까울 정도로 미니멀리즘을 실천한다. 주방 진열장에는 그릇을 포개지 않고 일렬로 하나씩만, 거실은 어떤 가구도 없이 깨끗하게.

한국에서도 '수납'이나 '미니멀리즘'을 키워드로 한 책들은 꾸준히 인기를 얻고 있다. 『미니멀리즘 인테리어』『미니멀리스트의 집꾸미기』『미니멀 키친』『미니멀라이프 수납법』… 인터넷 서점에서 '수납'이나 '미니멀리즘'을 검색하면 나오는 수많은 책이 그 증거다.

그런 미니멀리즘의 조류와 다른 방식의 수납 노하우가 들어 있을까, 두근두근 기대되는 마음으로 잡지를 펼쳤다.

'작은 스토리지박스에 물건을 넣는다.
자질구레한 티켓은 비닐파일에 담아 책장에 착착
꽂는다. 벽 한 면을 꽉 채운 커다란 책장에 책을
장르별로 정리해서 꽂는다. 그릇과 커트리지,
종지, 행주, 유리컵 등 주방용품은 서랍이 붙어
있는 장식장에 쓸모별로 분류하여 넣는다.
그릇은 비슷한 것끼리 모아 크기별로 차곡차곡
포개놓는다….'

아름다운 수납술이라면서요……. 아름다운 수
납이란 결국은 아름다운 장식장이 있어야 한다는 말
이었을까?

그중 한 사람은 '즐거운 독서 생활의 비밀'을
공개했다. 책장 앞에 17cm 정도 튀어나와 있는 일종
의 카운터를 설치한 것이었다. 빽빽하게 꽂힌 책장
앞에 책 한 권과 머그컵 하나가 올라가 있는 사진은
보기만 해도 과연 독서 생활의 즐거움이 전해질 만
큼 아름다웠다. 2층으로 올라가는 계단 아래 공간을
만들어 책을 쌓아두거나, 여닫이문이 달린 장롱 아
래에 두꺼운 이불을 넣고 위쪽에 책을 가득 꽂아놓
은 집도 있었다.

무엇이든 분류하고 정리하는 걸 좋아하는 일본

답게 냉장고 안 식재료 정리법 역시 일별되어 있었다. 대부분 뚜껑이 달린 새하얀 용기에 아스파라거스와 오이, 토마토와 피망, 당근과 감자 등을 살짝 손질해서 담은 다음 용기에 이름을 하나하나 붙이는 방식이었다.

우리 집 냉장고는 어떤가? 일단 냉장고는 용량이 작은 것으로 샀다. 그 안에는 서로 다른 음식을 먹는 하우스메이트와 나의 식재료가 꽉 차 있다. 냉동실에는 생선과 얼린 빵과 얼린 밥과 먹다 남은 닭가슴살(대부분 내 거다), 냉장실에는 사과와 각종 쌈채소, 계란, 샐러드 재료 같은 것들이 그야말로 겨우겨우 들어앉아 있는 형편이다.

한 번 더 깨달았다. 수납을 잘하려면 어떻게 해야 할까요? 가득가득 수납을 하고도 남아돌 만큼 공간이 넓으면 됩니다!

하지만 또 고민해본다. 원룸에서 투룸으로, 그러니까 넓은 공간으로 옮기고도 다시 잡동사니 대란 사태를 맞이한 내가, 지금보다 훨씬 더 넓은 집으로 옮긴다고 한들 수납의 귀재가 될 수 있을 것인가? 안 되겠지. 공간이 넓어지면 사들이는 물건 역시 급속도로 늘어날 게 뻔하다. 「까사 브루타스」 '아름다운 수납술' 특집을 산 게 팁 하나 얻은 것 없이 괜히 짐

만 하나 더 늘린 건 아닐까 자책할 뻔했지만, 두고두
고 읽으며 수납의 기술을 익혀야겠다. 이렇게 이번
에도 잡지 구매를 합리화하는 꼼수만 늘었다.

잡지의 자리

"요즘에는 잡지 어떤 거 읽으세요?"

"「&프리미엄」이랑 「뽀빠이」 정도는 그래도 꾸준히 보는 것 같아요."

"저는⋯. 요즘처럼 잡지 안 보는 때가 없는 것 같네요."

오랜만에 아는 잡지 에디터를 만났다. 점심을 먹으며 대화를 나누다 자연스럽게 잡지 이야기가 나왔다. 얼마 되지 않을 잡지 독자 중에서도 아마 '헤비 리더'라 할 수 있을 에디터한테서 잡지를 읽지 않은 지 꽤 되었다는 말을 들으니 '잡지가 정말로 위기를 겪고 있기는 하구나' 싶은 생각이 들었다. 며칠이 지나 잡지를 좋아하는 하우스메이트와 같은 주제로 대화를 할 기회가 있었고, 하우스메이트 역시 최근에는 도통 잡지를 보지 않게 된다고 말했다.

여름이 끝나갈 때쯤, 동네에서 열리는 나름 큰 벼룩시장에 셀러로 참여했다. 그동안 틈틈이 모아온 그릇들, 소품들, 빈티지 원피스와 블라우스 등을 몽땅 들고 나갔다. 사놓기는 했지만 가지고 있기는 애매한 잡지 몇 권도 팔기 위해 챙겼다.

"물건이 너무 빨리 완판돼서 벼룩시장 종료 시간 한참 전에 더 이상 팔 게 없어지면 어떡하죠?"

하우스메이트에게 설레발을 치고 나갔으나 그

야말로 설레발에 쓸데없는 걱정이었다. 사람들은 무언가를 정말 신중하게 산다는 걸 그날 알게 되었다. '사고 싶은 게 있으면 길게 고민하지 않고 바로 사버리는 건 나처럼 경솔한 인간뿐이구나….'좀처럼 지갑을 열지 않는 사람들을 보며 내 소비 행태를 잠깐이나마 반성했다. 모두들 저렴한 유리컵 하나도 꼼꼼하게 살펴보고, 옷 하나도 들었다 놨다 살 듯 말 듯, 그러다 돌아서기 일쑤였다. 시간이 갈수록 힘이 빠졌다. '앞으로는 어떤 가게든 구경하러 들어가면 작은 거 뭐 하나라도 꼭 사서 나와야지.' 자영업자의 고통에 공감하게 되는 경험이기도 했다.

그나마 다른 물건들은 사람들 손이라도 탔지, 잡지는 그러지도 못했다. 일본 잡지인 게 문제였나 싶지만 일본어로 만들어진 잡지라는 걸 눈치 채기도 전에, 사람들은 그게 잡지라는 사실을 확인하자마자 더 이상 그쪽을 쳐다보지도 않았다. 막 애가 탔다.

'저기요! 이거 「뽀빠이」 '도쿄 잇 업 2' 특집이고요, 나온 지 얼마 되지도 않았다고요! 도쿄의 핫한 식당이랑 카페가 여기 다 나와 있어요!'

'이건 「&프리미엄」 고양이 특집호인데요, 귀여운 고양이 사진 되게 많거든요? 진짜 안 사실 거예요? 관심 없나요? 님만 고양이 없잖아요!'

'가을 단풍 들 때 교토 가서야죠. 그거 교토 특집이라고요. 네이버 블로그 검색으로는 절대 안 나오는 관광지들이랑 맛집이 많아요!'

한 명 한 명 붙잡고 잡지 각각의 훌륭한 점을 이렇게 영업해서라도 팔고 싶었다. 마음은 내가 이 구역의 영업왕이었지만, 이미 지칠 대로 지친 몸은 아무 말도 하고 싶지 않다고 했다. 호객의 의지조차 사그라든 내가 불쌍했는지, 일본 잡지에 조금씩 관심을 갖기 시작한 한 후배가 무려 세 권이나 구매해 주었다. 그게 그날 내가 판 잡지의 전부였다.

요즘 사람들은 잡지를 잘 읽지 않는다. 요즘의 일인지 예전부터 그래왔는지는 모르겠다. 20년 전이나 지금이나 사람들은 잡지에 별 관심이 없는 거 아닐까? 잡지를 만들고 싶다는 사람은 많지만, 잡지를 읽고 싶다고 말하는 사람은 거의 만나보지 못했다. 수요는 없고 공급은 많다. 점점 더 그렇게 되고 있다. 잡지의 비극은 여기서부터 시작된 것일까?

'사람들이 잡지를 잘 읽지 않는다'는 말 앞에 '요즘'이라는 조건을 추가한다면, 명확한 원인은 하나 있다. SNS. 잡지가 트렌드를 선도한다는 건 진짜 옛말이다. 맛집, 인기 드라마, 예능 프로그램 같은 건 잡지가 아니라 SNS를 사용하는 사람들이 훨씬 빠르게 눈치 챘다. 웹매거진에서 일할 때 가장 어려웠던 것 역시, SNS 이용자들이 이미 아는 정보나 관점, 이야기를 반복하지 않도록 주의하는 일이었다. 잡지 콘텐츠를 만드는 데는 아무리 빨라도 일주일, 느리면 한 달이라는 시간이 필요하다. 매일 새 소식이 올라오는 SNS와 경쟁할 수 있을 리 없다.

서점에서 잡지를 뒤적이다 중요한 힌트를 얻었다. 어느 라이프스타일 잡지 커버 안쪽에 적힌 문구였다. "이 책을 읽는 동안, 당신 주변의 시간은 조금 느리게 흐릅니다." 중장년층 남성 타깃의 잡지 「오디너리」 8월호 맨 마지막 페이지에는 이런 뉘앙스의 말이 조금 더 길게, 조금 더 직설적으로 쓰여 있다.

"여기까지 읽었다면 벌써 아셨겠지만, 오디너리 매거진은 최신 유행을 다루고 있지는 않습니다. 그렇다고 생활에 쓸모 있는 정보들이 갈피마다 깨알같이 담겨 있지도 않고요. 무얼 보라고 입으라고 사라고 먹으라고 숨가쁘게 권하지 않습니다. 너무 많은 정보와 지식에 둘러싸인 당신은 이미 무엇도 부족하지 않기 때문입니다."

잡지가 언제부터 느린 매체가 되었을까? 지금 가장 '핫'하고 가장 '럭셔리'한 것, 다른 말로 폼 나는 것을 세련된 방식으로 알려주는 게 잡지 아니었던가? 그런데 언젠가부터 '라이프스타일' '힐링' '휴식' '여행' '취향'을 키워드로 내세운 잡지가 늘었다. 「어라운드」 「컨셉진」 「어반 리브」…. '이것이 좋답니다, 저것이 더 좋답니다' 권하는 일이 잡지의 미덕인 줄 알았다. 그들의 독자가 유행에 뒤처지지 않도록 열심히 독려하는 것은 잡지의 몫으로 여겼다. 그러나 사람들은 더 이상 그것을 잡지에 기대하지 않는다.

당장 나만 해도 그렇다. 더 많은 정보를 얻기 위해 잡지를 사거나 읽는 건 아니다. 잡지에서 소개하는 패션이나 인테리어, 수납법을 가끔 따라 해보긴 하지만 그건 좋아하는 매체가 잡지다 보니 그랬던 것일 뿐이다. 무언가를 반드시 얻어야겠다는 목적에서 잡지를 사는 일과는 다르다. 빵, 커피, 여행, 고양이, 내가 언제나 구매하게 되는 잡지의 특집 혹은 내가 잡지를 읽게 되는 때가 언제인지 떠올려보면, 나를 포함한 사람들이 잡지에서 원하는 건 역시 '여유로운 느낌적인 느낌'인 것 같다. 말 나온 김에 곱씹어보자면 내 경우엔 잡지를 이렇게 읽는다.

도서관에서

특별히 할 일이 없는 날 도서관에 간다. 연속간행물실 선반 사이사이를 돌면서 오늘은 뭘 볼지 고민하고서 곧 몇 권을 고른다. 「어라운드」「프랭키」「아레나」「월간 디자인」. 도서관에서 잡지를 읽는 건 어쩐지 은밀하게 신나는 일이다. 다들 무언가를 하느라 바쁜 가운데, 자료 조사나 공부 같은 목적 없이 잡지를 뒤적인다. 책상 한쪽에 잡지를 쌓아놓고 한 권씩 읽는다. 대충대충 읽는 평소와 달리, 조용한 도서관에서는 덩달아 잡지 읽기 역시 공부하는 것 같은 태도가 되어 쓸데없이 꼼꼼해진다. 일단 앞쪽에 나와 있는 스태프들 이름부터 확인. 「프랭키」에는 에디터가 두 명밖에 없군. '올프레스 카페 파인더'라는, 맛있는 카페를 찾아주는 앱이 나왔다고? 오에카키라는 귀여운 미싱도 있네? 음, 사고 싶은데. 케이트 젠킨스라는 텍스타일 아티스트는 자수로 온갖 해산물을 다 만든다. 인스타그램에서 이름을 검색해보니 계정이 나오길래 바로 팔로우. 정신없이 잡지를 읽다가 눈이 뻑뻑하면 잠시 고개를 돌려 창밖을 본다. 나뭇잎이 바람에 조금씩 흔들리는 걸 보다 다시 잡지로 시선을 돌린다.

기차에서

대부분 부산에서 서울로, 서울에서 부산으로 가는 KTX다. 두 시간 삼십 분은 꼼짝없이 기차 안에서 보내야 한다. 그 시간을 지루하게 보내지 않으려면 무조건 뭔가를 읽어야 한다. 잡지는 필수다. 기차역 안 매점에서 잡지를 살 때는 「나일론」, 가끔 가다 「데이즈드 앤 컨퓨즈드」, 또 가끔은 「씨네21」을 고른다. 주간지는 얇고 글자를 읽는 나의 속도는 빨라 다 읽고 난 후에도 하염없이 시간이 남는다는 문제가 있다. 다행히 기차 안에는 「KTX 매거진」이 있다. 더욱이 특실이라면 「트래블러」와 「행복이 가득한 집」 「노블레스」「아트나우」까지 읽을 수 있다. 그중 「트래블러」를 뽑아 든다. 파리의 테라스펍, 런더너의 옥상 생활, 물 좋은 뉴욕의 여름, 축제로 물든 베를린…. 부산에서 서울로 향하는 KTX 안에 앉아 파리와 런던과 뉴욕과 베를린의 소식을 본다. 그리고 지금 가고 있는 곳이 서울이 아니라 아주 먼 다른 곳이라면 좋겠다는 생각을 아주 잠깐 동안 한다.

빵집에서

일이 잘 안 될 때는(안다, 일이 잘되는 순간이란 극히 드물다는 것을) 일단 맛있는 걸로 스스로를

달래줘야 한다. 먹는 것이 아니라도 어떻게든 기분을 좋게 만들어줘야 한다. 이걸 한꺼번에 해결하는 방법이 있다. 빵을 먹으면서 빵 잡지 보기. 빵만 먹어도, 빵 잡지에서 빵 사진만 봐도 금세 기분이 좋아지는데, 두 가지 일이 합쳐지면 기분이 몇 십 배로 더 좋아지는 건 말할 필요도 없다. 잡지를 옆구리에 낀 채로 식사로 먹을 만한 빵을 고른다. 오늘의 선택은 바게트샌드위치. 에멘탈 치즈와 홀그레인 머스터드와 얇은 햄이 들어 있는, 야채라고는 없는, 오로지 탄수화물의 깊은 맛을 느낄 수 있는 샌드위치다. 직원이 빵을 두 조각으로 잘라 내줄 동안 자리를 잡고 앉아 잡지 읽을 준비를 한다. 첫 장을 펴고, 이윽고 빵이 날라져 온다. 잡지에서 눈을 떼지 않은 채 아주 아주 천천히 한 입 베어 문다. 입천장이 까질 정도로 딱딱한 바게트니까 잡지를 보면서 느릿느릿 먹기에도 꼭 알맞다.

다른 사람은 언제 어떻게 잡지를 보고 있을까 궁금한 마음에 인스타그램에서 '#잡지'를 검색해 나오는 결과물을 봤다. 중국의 현재를 지역별로 소개하는 잡지 「하이, 상하이」 사진을 올리며 '가고 싶은 곳만 늘어난다'고 쓴 게시물, 침대 위에 커피, 도넛 그리고 「뽀빠이」의 '영화와 도넛' 특집호를 같이 올려놓고 찍은 사진, 카페에서 「킨포크」를 읽고 있는 모습, 또 다른 카페에서 요리잡지 「올리브」를 보며 커피를 마시고 있는 사람, '오랜만에 카페 와서 혼자 여유 부리고 있다'는 글과 함께 잡지의 캠핑 관련 기사 페이지 사진을 올린 사람 등이 눈에 띈다.

알게 된 사실이 몇 가지 있다. 하나. 잡지를 굳이 '사서' 보는 사람이 많지 않을 뿐 잡지를 '보는' 사람은 많은 것 같다. 둘. 잡지는 매우 여유롭고 편안한 자신의 현재 상태를 드러내는 아이템이다. 셋. 온전히 잡지에만 집중하는 경우는 많지 않고, 보통 잡지는 카페, 커피에 부록처럼 곁들여진다. 넷. 정말 여유로울 때라야 마침내 잡지에 할애할 시간을 낼 수 있다. 맛집을 가고, 커피를 마시고, 책을 읽고, 그 모든 여유를 다 부린 후에도 남은 시간이 있다면, 드디어 잡지에도 차례가 돌아가는 것이다.

………. 잡지에 미래는 있는가? 여전히 뭐라 답하기 어려운 질문이다.

잡지를 보지 않는다면,
결코 만날 수 없다

오랜만에 「브루타스」를 샀다. 무려 '킷사텐' 특집호. 킷사텐(喫茶店)은 식사도 팔고 차와 커피도 파는 일본의 오래된 카페ー한국으로 치자면 다방ー같은 곳이다. 몇 년 전 「오즈」 레트로 특집을 보고 알게 된 후 킷사텐을 좋아하게 되었다. '아직 계획은 없지만 조만간 도쿄에 가게 된다면 여기 실린 킷사텐 중 몇 군데에 꼭 들러야지.' 「브루타스」에 소개된 곳들을 하나하나 찾아 구글맵에 저장하다가, 아무 정보도 없이 떠났던 첫 번째 일본 여행이 떠올랐다.

계획은 전혀 세우지 않았다. 하다못해 맛집조차 찾아 놓지 않았다. 2013년 여름, 혼자 떠난 첫 번째 여행의 목적지는 가까운 일본, 그중에서도 후쿠오카였다. 생활비를 쓰고도 월급이 조금 여유 있게 느껴질 때쯤 드디어 시도한 해외 여행이었다. 마음만 먹으면 블로그든 여행 책이든 여행 사이트든, 맛집이나 관광지 정보를 얼마든지 찾을 수 있는 곳이 후쿠오카다. 그러나 나는 교통편을 제외하고는 아무것도 미리 알아놓지 않을 작정이었다. 여행 책은 보고 싶지 않았다.

'읽어봐야 한국 사람들이 다 가는 장소만 소개해놨겠지. 그런 곳은 가고 싶지 않아.'

혼자 떠나는 해외 여행도 처음인 주제에 허세만 가득했다. 빈손으로 가도 좋은 곳을 찾을 수 있으리라는 대책 없는 자신감과 함께, 3박 4일의 후쿠오카 여행이 시작되었다.

뒤늦게 예약한 숙소는 캡슐호텔이었다. 방이 아니라 작은 침대를 빌린 격이었다. 캐리어를 침대 위에 올려야 문 역할을 하는 블라인드를 겨우 내릴 수 있었다. TV가 벽 한쪽에 달려 있었지만 옆방에 민폐를 끼치지 않고 TV를 보려면 이어폰을 껴야 했다.

'그래도 위치는 나쁘지 않으니까 3일 정도야 참을 수 있겠지.'

그러나 계획을 짜지 않았으니 낮 동안에 어디로 가야 할지 몰랐다. 여름의 따가운 햇볕 아래에서 강을 따라 하루 종일 걷고 숙소로 돌아오니 몸살이 났는지 점점 열이 올랐다. 때마침 간염 예방접종도 맞은 후였다. 낯선 캡슐호텔에 덩그러니 누워 눈물을 줄줄 흘리다가, 같은 건물 아래층에 있는 드럭스토어에 가서 번역기의 힘을 빌려 어렵사리 감기약을 달라고 했다.

나: 카제 쿠스리… 카제 쿠스리…(감기약…
　　감기약 좀.)

직원: (모르겠다는 듯 말 없이 고개만 갸우뚱)

나: 아따마가 이따이…(머리가 아파….)

직원: (한쪽 코너를 가리키며) %^##%&#$!
#$@#&(당시에는 일본어를 전혀 몰라서
이렇게 들렸다.)

나: (눈치로 '저기쯤 약이 있다'는 말로
이해한 뒤) 하이 하이…. 아리가또
고자이마스(네네…. 감사합니다.)

맛있는 음식도 없고, 볼거리도 없고, 몸은 아파 죽겠고, 숙소는 불편하고. 여행 이틀째 날 밤, 결국 예정보다 하루를 앞당겨 오는 비행기표로 바꿨다. 그리고 인스타그램에 마지막 여행 사진을 올리며 이렇게 썼다.

'후쿠오카는 한 번 더 오게 될 것 같지는 않다.'

그 후로도 몇 번 더 혼자 여행을 갔다. 타이완도 오사카도 교토도, 별 감흥이 없는 채로 다녀왔다. 역시 계획은 세우지 않았다.

'현지 정보를 꼭 알아 가야 하나? 길에서 우연히 뭔가를 발견하는 게 여행의 묘미 아닌가?'

아니었다. 절대 아니었다. 생각지도 않은 타이밍에 생각지도 않은 장소에서 생각지도 않은 무언가와 마주치는 건 분명 여행의 매력이다. 그러나 그건 어느 정도 정해진 일정 안에서 움직일 때의 얘기였다. 무엇보다, 미리 준비를 해 가야만 명소를 눈앞에 두고도 몰라서 그냥 지나치는 불상사를 방지할 수 있는 것이었다. 오사카 시내에서 오사카 성을 알아보지도 못하고 그냥 지나쳐 갔다는 게 말이 된다고 생각하는지? 짜잔, 그런데 그것이 실제로 일어났습니다! 여행 책을 본 적도 정보를 검색한 적도 없으니 오사카 성이고 뭐고 나로서는 알 길이 없었다. 도톤보리에 있는 글리코 상이 그렇게 유명하다면서요? 나는 한국으로 돌아오는 날까지 그런 게 있는 줄도 몰랐다.

"어쩌면 나는 여행하는 걸 별로 좋아하지 않는 사람일지도 모르겠는데?"

"혼자 가는 걸 안 좋아하는 게 아닐까? 이번에는 나랑 같이 가보자."

2016년 12월에는 친구와 둘이서 5박 6일로 도쿄 여행을 떠나기로 했다. 아무리 정보 없이 여행을 가는 스타일이라 해도 동행인이 있는 상황에서, 무려 6일을 그렇게 보낼 순 없는 노릇이었다. 계획 없이 다니다 여행지에서 트러블이 생기면 인간관계가 어떻게 틀어질지 상상하니 끔찍한 기분마저 들었다.

더욱이 도쿄에 관한 정보라면 어떤 일본 잡지에서든 어렵지 않게 찾을 수 있다. 한국 잡지에 소개되는 장소들이 대부분 서울에 있듯, 일본도 마찬가지다. 물론 일본어를 아주 자연스럽게 읽을 수 없는 상태에서 내가 할 수 있는 일이라고는 잡지에 소개된 장소를 하나하나 구글맵에 찍는 것 정도였다. 가게 이름이 한자로만 쓰여 있는 경우에는 번역기에 손으로 글자를 하나하나 그리다시피 써서 찾았다. 마감을 하다가도 잡지를 뒤지고, 주말에는 침대에 누워 잡지를 뒤지고, 밥을 먹다가 심심하면 잡지를 뒤졌더니, 도쿄로 떠나기 한 달 전쯤에는 이미 구글맵이 하트와 별로 가득 차 있었다. 캡처해서 인스타그램에 올리자 '공유해달라'는 댓글이 몇 개 달려서 괜히 뿌듯했다. 여행지 정보라고는 하나도 모르던 내가 정보를 공유해달라는 말까지 듣다니! 즐겨찾기가 100개는 될 것 같은 나의 구글맵을 보며 친구가 말했다.

"이거 도쿄에 살아도 다 못 가볼 것 같은데?"

"아마 다는 못 가겠지? 그래도 이렇게 체크해두면 지나가다 근처에 뭐가 있는지라도 바로 알 수 있잖아."

그렇게 시작한 도쿄 여행에서는 과연 좋은 곳을 많이 가볼 수 있었다. 불과 몇 달 전 혼자 계획 없이 방문했을 때는 보지 못했던 것들이었다. 지나는 동선 주변에 있는 별표만 확인해도 여행다운 여행을 할 수 있었다.

시부야에서 요요기 공원 쪽으로 걸어 올라가는 곳에 있는, 주로 독립출판물을 취급하는 '시부야 퍼블리싱 & 북셀러즈'라는 서점. 잡지에서 봤을 때는 평범한 서점인가 싶었는데 의외로 책이 굉장히 많고 공간이 넓고 쾌적했다. 밤 늦게까지 영업을 하는 곳이라 퇴근한 직장인처럼 보이는 사람들이 많은 게 특이했다.

커피가 맛있고 인테리어가 힙한, 귀여운 갈매기 로고의 '푸글렌 커피'. 시부야 퍼블리싱 & 북셀러즈에서 아주 가까웠다. 잡지에서 봤을 때는 낮에 찍은 사진이라 북유럽의 주방 같은 이미지였는데, 밤에 방문하니 딱히 그런 느낌은 들지 않았다. '코르타도'라는 커피를 마셨다. 워낙 유명한 카페라 거기서 내가 커피를 마시고 다른 사람들 사이에 섞여 있다는 사실이 믿기지 않을 정도였다.

중고책 서점 '리듬 & 북스'. 그냥 아기자기한 서점인가 싶었는데 실제로는 좁은 입구로 쑥 들어가야 하는, 동굴 같은 서점이었다. 실내가 매우 좁아 조심스럽게 구경하다가 일러스트가 귀여운 일서를 한 권 사서 나왔다.

이케지리오하시 역 근처의 '톨로 빵 도쿄'. 워낙 빵을 좋아하니 단지 빵집이라 구글맵에 저장해둔 곳이었고 별 기대는 없었다. 어떤 빵이 맛있는지를 미처 체크하지 못해 내키는 대로 무화과 파이와 파운드케이크를 사서 놀이터에 앉아 먹었다. 세상에, 이렇게 향긋한 무화과 파이가 있었다니! 매일 매일 먹어도 질릴 것 같지 않은 맛이었다.

'버블 칠 커피'에서는 단맛이 날 정도로 고소한 아이스 카페라떼를 마셨고, '굿피플 & 굿커피'에서는 커피를 기다리며 털이 북슬북슬 귀여운 강아지를 구경했으며, 나카메구로 역까지 가는 길에서는 '카우북스'라는 서점에 들러 『푸의 레시피』라는 책을 중고로 구입했다.

일본어를 배우고 일본 잡지를 찾아 읽고 거기서 가보고 싶은 곳들을 골라 지도에 표시해놓은 나의 부지런함에 괜히 으쓱하게 되는 여행이었다.

이제는 무작정 떠나는 여행의 묘미 같은 것은 믿지 않는다. 알아야 보인다는 말은 여행에도 해당

하는 것이었다. 트위터에서 「&프리미엄」에 소개된 장소들을 정리하는 계정, 「타임아웃 도쿄」와 「타임아웃 런던」 「타임아웃 뉴욕」 계정을 모조리 팔로우하고 있다. 여행에 닥쳐 부랴부랴 정보를 수집하는 게 아니라 꾸준히 아카이빙해뒀다가 떠나게 되는 날이 오면 써먹겠다는 의미다.

그러니까 여행에 관한 잡지를 본다는 건, 다음의 여행을 다시 한 번 기약한다는 뜻이기도 할 테다. 한 달 전의 짧은 기타큐슈 여행에서는 다음을 기약하며 「오즈」 매거진의 도쿄 '츄오선 산보' 특집을 샀다. 들고 다니며 편하게 볼 수 있는 쁘띠 사이즈로. 키치조지, 미타카, 코쿠분지, 코엔지, 오기쿠보와 니시오기쿠보, 나카노…. 당장은 낯선 지명들이지만 머지않은 미래에 직접 가볼 수 있을 거라 생각하면서. 「&프리미엄」의 '여행을 하고 싶어진다' 특집도 샀다. 커버에는 커다란 나무 사이에 서서 바다를 바라보고 있는 한 여성의 뒷모습 사진이 담겨 있다. 여행에 관한 말들을 모아놓은 이 특집의 한 페이지에서 '청춘18티켓'*의 포스터 카피를 찾았다.

---

* 하루 동안 JR 보통열차와 쾌속열차를 무제한으로 이용할 수 있는 티켓.

"나가지 않는다면, 결코 만날 수 없다."

나는 이 말을 이렇게 바꿔본다.
"잡지를 보지 않는다면, 결코 만날 수 없다."

이 많은 잡지는 누가 다 보나

'헉 너무 귀엽잖아! 이런 잡지가 다 있어?'

8월의 기타큐슈 여행에서도 어김없이 서점에 들렀다. 물론 잡지 코너를 구경하기 위해서였다. 일본에 별별 잡지가 다 있는 건 알고 있었지만 하다하다 시바견 전문 잡지가 있을 줄이야. 제목은 그냥 「시-바」. 커버에는 늠름하게 귀여운, 나름대로는 늠름한 표정을 하고 늠름한 포즈로 앉아 있지만 귀여움과 장난기를 숨길 수 없는 시바견 한 마리의 사진이 실려 있었다. '어떻게 매달 그냥 개도 아니고 시바견을 주제로 잡지를 만들 수 있지? 혹시 책인가?' 아니었다. 분명 2017년 9월호, 잡지였다. 펼쳐보니 여러 사람이 키우는 시바견 사진이 가득했다.

'…살까?'

잡지 코너를 한 바퀴 돌고 또 한 바퀴 돌고, 잡지를 들었다 놨다 하며 고민하고 또 반복했다. 한국 돈으로 만 원이 조금 안 되는 가격이었다. '잡지를 또 사서 뭐 해. 안 그래도 캐리어 무거울 텐데 그냥 포기해야지.' 여행의 끝자락이라 혹시라도 남은 돈이 모자라진 않을까 극도로 소심해진 나는 결국 「시-바」를 사지 못했다. '살까 말까 할 때는 사라, 여행지에서라면 더더욱.' 어디선가 들은 이 격언을 떠올렸어야 했는데 어리석었다.

어쨌건 구매를 고민하는 동안 둘러본 잡지 코너는 어마어마했다. 일단 분류 자체가 한국과도 비교도 되지 않을 정도로 다양했다. 취미, 여성지, 남성지, 펫, 아웃도어, 스포츠, 영화, 음악, TV, 문예지, 정보지, 비즈니스, 심지어 스모 잡지까지 있었다. 같이 간 친구는 눈이 동그래져 나에게 속닥거렸다. "여기 잡지 진짜 진짜 많다."

펼쳐보지는 못했지만 야채 요리 레시피를 알려주는 것 같은 「야채의 시간」이라는 잡지, 역시 레시피 잡지인 「오늘의 요리」, 여기에 고양이 잡지만 해도 「네코부」「네코구라시」「네코비요리」「네코토모」 같은 것들이 있었고 「시-바」처럼 리트리버만을 다루는 잡지도 따로 있었다. 이 글을 쓰며 일본의 대형 서점 체인인 마루젠 & 준쿠도의 온라인 사이트에 들어가 동물 잡지 카테고리를 봤더니 해양생물만을 다루는 「마린」이라는 잡지마저 눈에 띄었다.

도쿄 다이칸야마에 위치한 티사이트(T-site)라는 곳에 츠타야 서점이 크게 있다. 교보문고가 리노베이션을 할 때 이곳 분위기를 벤치마킹했다고 하여 한국에도 꽤 많이 알려진 곳이다. 이 서점을 다녀온 사람마다 그렇게 좋을 수 없었다는 이야기를 하길래, 나도 도쿄 여행 중에 시간을 내 방문했다. 요리 코너에 잡지나 책뿐만 아니라 요리 재료 혹은 그릇을 함께 가져다놓은 발상, 장르별로 섬세하게 구획을 지어놓은 구성, 스타벅스와 서점이라는 공간이 여러모로 자연스럽게 어우러진 분위기… 하루 종일 있어도 지겨울 것 같지 않은 공간이었다. 당연히 잡지 매대에도 이런저런 잡지들이 가득 꽂혀 있었다. 기본적인 일본 잡지는 물론이고 영어권 국가의 잡지들, 한국이었다면 독립서점에서나 볼 수 있었을 개인 출판 잡지들도 자리를 차지하고 있었다. 시부야 츠타야에서도, 아오야마북스에서도 놀라움과 부러움은 계속됐다. 머릿속으로 끊임없이 질문을 떠올리며 서점과 잡지를 구경했다.

　'이 끝에서 저 끝까지 전부 잡지란 말이야? 이 많은 걸 누군가 다 사서 본다는 얘기야?'

　며칠 전, 트위터에서 누군가 한국의 바이크 잡지에 실린 화보와 그에 대한 비판을 올렸다. 말이 바이크 잡지지, 실상은 노출이 심한 의상을 입은 여성 모델의 사진을 감상하는 잡지에 가깝다는 것이었다. 사진을 보니 과연 그랬다. 모델이 바이크 앞에 서 있거나, 불편한 포즈로 바이크를 타고 있거나, 뭐 대충 그런 화보들이었다. 아니 저기, 바이크가 아니라 모델이 훨씬 더 잘 보이잖아요. '바이크라면 여성보다는 남성들이 주로 관심을 갖는 취미다→바이크 잡지는 남성들의 입맛에 맞춰야 한다→남성들은 섹시한 여성의 사진을 좋아한다→좋아! 바이크 잡지지만 섹시한 여성도 잘 보이는 사진을 싣자!' 이런 의식의 흐름으로 만든 것 같았다.

일본에 살고 있는 다른 트위터 이용자는 일본의 다양한 바이크 잡지 사진을 올렸다. '일본에도 여성을 대상화하는 바이크 잡지들이 있지만, 다른 한편에는 여성 라이더를 위한 바이크 잡지도 있다. 이런 게 있지만 저런 것도 있으니 선택의 폭이 넓다.' 이런 요지의 이야기와 함께였다. 정말 한국에서는 잡지의 선택지가 너무 없다. 서점에서도 마찬가지고, 좀 더 많은 종류의 잡지를 구비한 도서관에서 확인해도 한 장르당 기껏해야 서너 권이면 많은 지경이다. 단순히 숫자로 비교하기에는 일본과 한국의 인구 수 차이, 경제력 차이가 크다는 건 안다. 한국은 내수시장이 약해서 돈을 벌 생각이라면 무조건 해외로 나가야 한다는 게 드라마/예능 산업에서도, 아이돌 산업에서도 진리니까.

선택의 폭이 넓다는 건 생각보다 삶의 질에 엄청난 영향을 끼친다. 이것과 저것만 아는 사람과, 이

것과 저것만이 아니라 또 다른 것들도 많다는 걸 아는 사람의 시야는 다를 수밖에 없다. 잡지뿐 아니라 다른 물건들도 마찬가지다. 일본에서는 슈퍼에 가봐도 소스 종류만 열댓 개를 훌쩍 넘어간다. 심의 굵기를 조절할 수 있는 연필깎이라든가 담배를 잠깐 꽂아놓을 수 있는 아주 작은 금속제품처럼 '이런 것까지 있어야 돼?' 싶은 물건들도 많다.

나는 '그게 꼭 있어야 돼?'라는 말이 인생에서 많은 부분을 망친다고 생각한다. 그게 없어도 살 수 있다. 그러나 살아가는 데 필수적인 무언가는 아니지만, 굳이 하지 않아도 사는 데 지장이 없지만, 다만 있으면 더 좋은 것들, 더 알면 더 재미있는 것들이 많다. 그런데 왜 기본만 챙기면서 살아가야 할까. '가성비'의 세계에서 벗어나 반드시 필요한 게 아닌 무언가를 보고, 사고, 해보며, 우리는 조금 더 제대로 살아갈 수 있게 되는 것 아닐까.

물론 일본 잡지 시장의 상황도 녹록지는 않은 것 같다. 일본 출판계가 예전 같지 않다는 소문은 꾸준히 들려온다. 실제로 폐간되는 잡지가 얼마나 되는지는 모르겠지만, 많은 것이 사라지고 있다는 생각을 떠올리면 쓸쓸해진다. 한국에서는 2015년 만화/애니메이션 전문 잡지 「뉴타입」과 걸 패션지 「보그걸」이 폐간했고, 2016년에는 「레이디 경향」도 발간을 멈췄다. 아직 버티고 있는 잡지들 중에서도 어려운 곳이 많다는 이야기가 계속해서 나온다. 나 역시 웹매거진 「텐아시아」를 다니는 동안 '회사에 돈이 없다. 이 매체를 운영하기가 힘든 상황이다'라는 말을 자주 들었다. 어떻게든 수익을 내보라거나, 좀 더 많은 페이지뷰를 올릴 수 있는 데일리 기사를 쓰라거나, 케이팝 관련 기사를 더 쓰라거나. 나중에야 알게 된 사실이지만 편집장 선배에게는 윗사람들로부터 이런 압박들이 있었다고 했다.

처음에는 「텐아시아」의 콘텐츠가 좋아 보여 큰 언론사가 인수했다가 돈이 되지 않자 포기하고, 그동안 내부 구성원들은 회사가 사라지지는 않을까 전전긍긍하고, 다시 다른 언론사가 인수하고, 또 수익 관련 압박을 주고… 그런 일들을 꾸준히 겪었다. 잡지가 돈을 잘 버는 사업이라면 이런 경험들은 하지 않아도 됐을 것이다. 잡지가 그리 많지도 않은 한국이지만 그마저도 한국의 상황에 비하면 너무 많고, 지면이든 웹이든 버티고 있는 잡지들마저 돈을 거의 벌지 못한다.

2013년 개봉한 「월터의 상상은 현실이 된다」라

는 영화가 있다. 잡지 「라이프」에서 16년 동안 포토 에디터로 일했던 월터 미티(벤 스틸러)가 잡지 폐간을 앞두고 아이슬란드로 가게 되는 이야기다. 무언가를 오랫동안 사랑해온 사람들, 오랜 일에 지친 사람들이라면 모두가 공감했을 테지만 부침이 심한 잡지에서 일해온 사람이라면 더더욱 담담하게 볼 수 없는 영화기도 했다. 2000년대 중반 「매거진 t」에 입사해 회사가 공중분해되는 일을 겪고, 「텐아시아」를 거쳐 「아이즈(ize)」까지 온 한 선배는 이 영화를 보고 숨을 쉬지 못할 정도로 울었다고 했다. 그리고 「아이즈」를 그만두기 직전 마주앉은 자리에서 이런 말을 했다.

"잡지는 안 되나 봐. 우리가 안 되는 걸 너무 오래 붙잡고 있었나 봐. 진작 포기했어야 하는데, 어떻게든 할 수 있다고 생각했던 거지. 안 되는 거였는데. 일찍 알았어야 했는데."

나는 고개를 끄덕일 수밖에 없었다.

주간지의 일주일

학점 관리가 뭔지 아예 몰랐다. 전공 수업은 재미가 없어 졸업할 수 있을 정도로만 들었고, 딱히 더 하고 싶은 것도 없어 복수전공이니 부전공이니 하는 것도 따로 하지 않았다. 전공 외에는 잡다하게 이 과 저 과를 돌아다니며 재미있어 보이는 과목을 골라 수강했다. 러시아어 기초 회화(러시아어 중에는 내 혀 구조로는 도저히 발음할 수 없는 문자가 있어 학점은 그리 잘 받지 못했다), 패션과 이미지메이킹(요즘 유행하는 '쿨톤'이니 '웜톤'이니 하는 것들을 이때 배웠다), 연극 수업(정확한 과목명은 떠오르지 않지만 조별로 짧은 연극을 만드는 수업이었고, 여기서 가장 많이 배운 것은 술이었다)…. 공모전도 교환학생 제도도 전혀 모르는 '먹고대학생'이 '졸업하면 방송국 예능PD가 돼야지' 하는 막연한 생각만 있었다.

언론사 시험은 전형이 복잡하고 뽑는 인원이 워낙 적어 '고시'라 불리고, 그 고시를 통과하려면 방송국이나 신문사에 입사하고 싶은 사람들끼리 스터디를 꾸린다. 이뤄놓은 건 없지만 스터디만큼은 열심히 했던 나는, 우리끼리 짠 커리큘럼에 따라 매주 예능 프로그램 기획안을 써 갔고, 대부분의 스터디원들은 그걸 보면서 '너무 진지하다'고 평가했다.

"아이디어는 괜찮은데, 교양 프로그램 같아요.

예능PD는 코미디언만큼 웃겨야 붙는다던데요?"

아마도 이쪽으로는 별 재능이 없었던지 졸업을 하고 한 해 두 해가 지날 때까지 언론고시에서는 떨어지고 또 떨어졌다. 서류에서 떨어지고, 넘겼다 싶으면 필기시험을 망치고, 겨우 필기시험을 통과했다 싶으면 면접에서 어이없는 실수를 했다. 누구보다 TV를, 예능 프로그램을 좋아했지만 그것만으로는 통과할 수 없는 게 언론사의 좁은 문이었다.

그즈음 열심히 보던 것은 「매거진 t」라는 엔터테인먼트 전문 인터넷 잡지였다. 일단 웹매거진이라 심심할 때 접속하기 편했고, 종이 잡지 못지않게 디자인이 뛰어났으며, 무엇보다 콘텐츠가 재미있었다. 아이돌과 연예인, 예능과 드라마에 그만큼 진지하게 접근하면서 또 그만큼 유연하게 가지고 노는 잡지는 없었다. 기자가 되고 싶었던 적은 없었지만 여기서라면 기자도 해볼 만한 일일 것 같았다.

'이런 데서 일할 수 있으면 진짜 좋을 텐데. 글을 쓰는 건 싫어하지 않으니까. 내가 좋아하는 것들에 대해 실컷 이야기할 수도 있고.'

「매거진 t」는 사라졌다. 재정 문제가 있었던 것 같다. 거기서 나온 사람들은 곧 「텐아시아」라는 웹매거진을 새로 만들었다. 2년 정도 고시생 아닌 고시생으로 살다가 지방신문 소속 주간지에 최종합격해 일하고 있던 나는, 「텐아시아」의 두 번째 공채에 지원해 덜컥 신입사원이 되었다. 그렇게 시작된 '웹매거진 기자'로서의 생활은 「아이즈」까지 이어졌다. 잡지를 좋아했지만 특별히 그러려고까지 했던 건 아닌데, 어쩌다 잡지에서 일하고 있었다.

들어가기 전에는 몰랐다. 주간지에서 마감 노동자로 일한다는 건 세월을 빨리감기하는 것과도 같았다. 일주일 동안 나름의 루틴대로 업무를 보기 때문에 하루 또 하루를 살아가는 게 아니라 일주일을 한 세트로 살아가는 듯한 기분이었다. 월간지는 주간지보다 더 하다고들 한다. 1년에 열두 권의 잡지를 만들고, 언제나 계절을 앞서 기획을 꾸려야 하기 때문에 일주일이 아니라 한 달을 한 세트로 살아가게 되는 셈이다. 주간지든 월간지든, 잡지란 마감을 중심으로 돌아가기 때문에 어쩔 수 없는 일이다. 농담 반 진담 반으로 하는 말이지만 마감 앞에서는 인간의 삶 따위 어떤 속도로 흘러가든, 아무래도 상관 없는 것이다.

「텐아시아」와 「아이즈」 모두 주간 매거진을 표방하면서도 실제로는 살짝 달랐다. 「텐아시아」는 기획을 주 단위로 짜면서도 마감은 일 단위를 병행하는, '매일 마감이 있는 주간지' 시스템이었다. 이를테면 이런 식이다. 지난주 금요일 기획회의에서 배당 받은 아이템을 월요일, 수요일에 마감해 화요일, 목요일 아침에 오픈한다. 연차가 낮은 기자일 경우 '오늘 뭘 볼까'라는 코너를 위해 볼 만한 TV 프로그램 추천 기사를 따로 쓰기도 한다. 그 사이사이 TV 드라마나 예능 프로그램 리뷰를 한 사람당 두 번 정도 추가로 더 마감한다. 특히 이 리뷰는 프로그램을 처음부터 끝까지 다 보고 써야 했기 때문에, 밤 늦게 시작해서 끝나는 방송이라면 마감이 새벽, 길게는 기사가 오픈되기 직전인 아침 여덟 시까지 이어지고는 했다.

그렇게 마감을 하고 나서는 편집팀의 교정교열 작업, 편집장의 데스킹(기사의 논조나 논지에 이상이 없는지 확인하는 작업)이 끝날 때까지 기다렸다가, 기절하다시피 쓰러져 잠들었다. 동료와 밤을 새워 아침 여덟 시까지 기사를 쓰고 열 시까지 아이돌 그룹을 인터뷰하러 간 적도 있다. 그런 날에는 하루 종일 정신이 멍해서 깨어 있다고는 할 수 없는 상태가 되었다.

다행히 「아이즈」는 모든 기사를 이 주에 마감해

서 다음 주에 푸는 시스템이었다. 독자들은 더 이상 실시간으로 따라잡는 TV 프로그램 리뷰를 필요로 하지 않았고, 편집팀과 편집장을 비롯해 기자들까지 미리 마감하는 편이 일하기에 효율적일 거라는 판단에 따른 것이었다. 일주일은 다음과 같이 굴러갔다. 월요일부터 수요일까지 취재와 자료 수집을 한다. 목요일까지 맡은 기사를 완전히 마감한다. 금요일에는 기획회의를 한다. 그전까지 메일로 각자 생각한 아이템을 공유해야 한다.

기본적으로 자신이 낸 아이템을 자신이 담당하는 매체였다. '까이지 않을' 기획을 내는 게 무엇보다 중요했다. 마감이 잘 풀리지 않으면 목요일 밤까지 글을 써야 하는데 글을 쓰면서 반짝이는 아이디어까지 떠올리는 건 불가능에 가깝다. 그래서 내 경우에는 금요일 아침이 돼서야 이런저런 자료를 훑어보며 아이템을 짜냈다. 정말 쥐어짰다고 해도 과언이 아니다. 지금 화제인 프로그램은 뭐지? 주목받고 있는 사람이나 캐릭터가 있을까? 시리즈로 묶어 낼 만한 인터뷰이들은? 이제 막 가시적으로 드러나기 시작한 트렌드는 뭐가 있지? 네이버 뉴스의 연예 섹션, SNS에서 사람들이 자주 언급하는 것들을 들여다보다 보면 다행히 아이템은 어떻게든 매주 나왔다.

진짜 아이템 '춘궁기'일 때는 세상에 아무것도 재미있는 게 없을 때다. 회의를 하려고 다 모여 앉아도 너무 다룰 게 없다는 말밖에 나오지 않는다. 한 선배는 농담 삼아 아예 '노잼 특집'을 해야 한다고 주장하기도 했다(결국 나나 그 선배가 퇴사할 때까지 '노잼 특집'은 성사되지 않았다.) 대체로 화기애애한 회의 분위기도 이럴 때는 험악해지기 십상이다.

"이번 주 스페셜*은 □□ 어떨까요?"

"□□는 생각보다 반응이 없지 않나요? ○○가 더 나을 것 같기도 한데요."

"근데 ○○로 세 꼭지 정도의 볼륨이 나올까? 난 잘 모르겠는데. 편집장님은 어떻게 생각하세요?"

"음, □□는 안전하지만 사람들이 많이 안 볼 것 같고, ○○는 어떻게 쓸 수 있을지 좀 고민해봐야 겠네요. 다른 거 더 있으면 자유롭게 말해보세요."

두 시간 후.

"머리를 아무리 쥐어짜봐도 생각나는 게 없는데요?"

"편집장님, 아까 이야기 나온 □□랑 ○○는 진

---

* 그 주의 가장 중요한 기사. 보통 서너 개 꼭지로 구성된다. 종이 잡지로 치면 '커버스토리' 같은 기사다.

짜 스페셜로 안 될까요? 더 이상 나올 게 없는데 두 개 중에서 정하는 게 낫지 않을지…."

"음, 글쎄…."

"그럼 아까 A가 개별 아이템으로 낸 △△를 스페셜로 만들면 어때요?"

"흐음, 그것도 딱히…."

'(취재팀장 선배에게 눈치를 주며) 선배, 어떻게든 지금까지 나온 아이템 중 하나로 가자고 편집장님께 밀어붙여주세요, 즈블(제발.)'

회의를 하고, 또 회의를 하고, 또또 회의를 하고…. 빠를 때는 두 시간이면 되지만 잘 풀리지 않을 때는 다섯 시간까지도 늘어지는 게 회의였다. 힘이 되는 건 회의 시작 전 사다놓는 각종 간식, 종종 시켜먹는 맥딜리버리 메뉴들뿐이었다.

여기에 더해, 이번 주에 공개된 기사들을 리뷰한다. 꽤 신랄한 비판이 나오는 편이어서 스스로 생각하기에도 이번 주에 좀 시원찮은 기사를 썼다 싶으면 회의에 들어가기 전부터 마음이 불안했다. 1년을 일하든 6년을 일하든, 내 글과 기획에 대한 지적을 직접 듣는 것은 맷집이 필요한 일이다.

그러나 기획과 회의의 괴로움 따위, 마감의 고통에 비하면 귀여운 수준이다. 이 글을 읽고 있는 당신이 아직 직업을 선택하지 않았다면, 무엇이든 '마감'과 관련된 일은 쳐다도 보지 않기를 바란다. 인생과 체력과 정신을 망치는 가장 확실한 방법이라고 확신한다. 예전부터 잡지를 좋아했고, 늘상 글 쓰는 사람이 되고 싶었던 나조차 내가 하려는 일에서 90% 정도를 차지하는 게 마감일 줄은 미처 몰랐다.

마감은 어째서 고통스러운가. 일단 글 쓰는 일은 아무리 해도 익숙해지지가 않는다. 늘 백지에서 시작해야 하며 쓸 때마다 형식이 달라지기도 한다. 한마디로 정해진 매뉴얼이 없다(혹은 없다고 봐도 될 정도로 불분명하다.) 아이돌 그룹의 신곡 무대 리뷰를 하거나, 영화를 비평하거나, 인터뷰 기사를 쓰거나, 리스티클* 형식으로 드라마 캐릭터의 훌륭한 점을 정리하거나, 전부 다른 방식으로 접근해야 한다. 경력이 쌓여도 업무에 드는 시간을 줄일 수 없다니, 이렇게까지 비효율적일 수가!

무엇을 어떻게 쓸지 정하려면 실제로 글을 시작하기 전까지 상당히 긴 예열 시간이 필요하다. 나는 무조건 책상에 앉아 고민하는 타입이 아니었다.

---

* 목록(list)과 글(article)의 합성어로, 'ㅇㅇ하는 법 5가지' 같은 요약형 또는 목록형 기사를 가리킨다.

하루 종일 인터넷 서핑을 하고, 잡지를 보고, 서점에 들렀다 오고, 커피를 마시고, 수요일 저녁 퇴근 후에도 밤 열두 시가 될 때까지 침대에 누워 머릿속으로 개요를 짜며 하기 싫다고 징징대는 게 나의 버릇이었다. 옆에서 지켜보던 친구는 차라리 그 시간에 노트북 앞에 앉아 한 글자라도 쓰는 게 낫지 않겠냐고 했다. 그럴 수는 없다. 충분한 예열 시간이 확보되지 않으면 마감도 불가능하다. 그러다 마침내 목요일 아침 일곱 시 정도가 돼서야 벌떡 일어나 꼼짝도 하지 않고 마감을 이어나갔다. 어찌 됐건 마감은 주어진 시간 안에 끝냈지만, 스트레스와 잘못된 자세로 어깨는 점점 딱딱하게 굳어갔다. 그렇게 한 주를 보내고 나면 뿌듯한 성취감이 아니라 이번 주도 무사히 쳐냈다는 생각만 들었다.

마감과 마감과 마감과 또 마감으로만 구성되는 생활이 지겨워서 회사를 그만뒀다. 되도록이면 글쓰는 일을 하지 않겠다고 결심하기도 했다. 그런데 굳었던 어깨가 채 말랑해지기도 전에 다시 글 쓰는 일로 약간의 생활비를 벌고 있다. 지금도 이렇게 책 원고를 마감하는 중이며, 밤 12시 33분을 지나고 있다. 마감은 당최 끝나질 않는다. 애초에 잡지에서 일을 시작한 게 잘못이었다.

잡지와 페미니즘

'IS보다 무뇌아적 페미니즘이 더 위험해요.'

응? 트위터 타임라인에서 누군가 캡처해 올린 이미지를 보고 눈을 의심했다. 한 남성 칼럼니스트가 여성 타깃의 잡지에 기고한 글의 제목이 바로 저 문장이었다. IS의 연이은 테러 그리고 "나는 페미니스트가 싫어요"라는 말을 남기고 한국을 떠난 남자 고등학생 이야기가 한창 이슈이던 시기였다.

'에이, 아무리 페미니즘을 몰라도 끔찍한 테러를 일삼는 조직과 페미니즘을 거의 동일선상에 두는 그런 글을 누가 썼겠어?' 반전이 있으리라 믿고 내용을 자세히 읽었다. 여성 독자가 대부분인 잡지에, 남성 필자가, 페미니즘의 역사와 진정한 의미에 대해 '맨스플레인'하고 있었다. '재산의 공동 분할, 전업주부의 가사노동 인정, 군 가점제에 피켓을 들어 반대하는 것만이 페미니즘의 전부'냐고 묻고는 '우리에게는 사랑과 대화가 필요하다'고 마무리했다.

필자가 쓴 글의 논조를 마음대로 수정하거나 방향을 바꾸지 않는 것이 잡지와 에디터가 지켜야 할 도리라지만, 의도부터 논지까지 도무지 이해할 수 없는 칼럼이었다. 물론 요즘 사람들은 잡지를 잘 읽지 않는다. 그렇다고 누구도 잡지를 읽지 않는 것은 아니다. 칼럼은 SNS를 통해 빠르게 논란이 되었고, 칼럼니스트는 출연이 예정되어 있던 행사에서 하차해야 했다(지금은 방송과 강연 등에서 다시 활발히 활동하는 중이다. 전혀 놀랍지 않은 일이다.)

한편 이런 일도 있었다. 한 남성 잡지에서 커버로 배우 김병옥의 사진을 실었다. 배우의 사진만 있었다면 참 좋았겠지만, 발이 테이프로 묶인 채 자동차 트렁크에 실린 여성도 사진에 담겼다. 게다가 사진에 딸린 문구는 어쩔 것인가.

"여자들이 '나쁜 남자' 캐릭터를 좋아한다고?
진짜 나쁜 남자는 바로 이런 거다. 좋아 죽겠지?"

편집장은 잡지 홈페이지에 직접 글을 올렸다.

"이번 2015년 9월호 ○○의 남성 표지 화보는
지독한 악역의 최고봉에 오른 배우 김병옥
씨를 범죄 느와르 영화 속 한 장면에 등장한
악인으로 설정하고자 의도하여 편집부에서
연출한 화보입니다. 화보 전체의 맥락을 보면
아시겠지만 살인, 시체 유기의 흉악범죄를
느와르 영화적으로 연출한 것은 맞으나 성범죄적
요소는 화보 어디에도 없습니다."

해명 아닌 해명이었다. 종종 별 생각 없이 해당 잡지를 사서 봐온 나는 충격을 받았다. 남성의 판타지가 이토록 왜곡되어 있다는 데 대해, 그 남성들의 판타지를 위해 여성들이 현실에서 받고 있는 위협을 콘셉트로 빌려오고도 어떠한 잘못도 느끼지 못했다는 데 대해 그리고 결정적으로 이런 잡지를 보면서 나 역시 지금껏 아무 문제의식을 느끼지 못했다는 데 대해. 부끄럽게도 여성을 놓고 불쾌한 농담을 던지고, 여성을 대상화할 대로 한 화보를 싣고, 그런 내용이 페이지의 대부분인 잡지를 보면서도 나는 '뭐 원래 이런 잡지니까 그럴 수도 있지' 하고 대수롭지 않게 넘겼다. 이것을 보는 게 마치 쿨한 어른 여성의 표식이라도 되는 양 여겼던 것 같다.

이 칼럼, 이 화보와는 비교할 수 없지만 무의식적으로 넘겨보던 다른 잡지에서도 신경 쓰이는 부분이 눈에 띄기 시작했다. 잡지에서 고정 지면을 가지고 꾸준히 글을 쓰는 평론가들, 칼럼니스트들은 대부분 남성이었다. 그리고 이른바 '여성 패션지'로 분류되는 잡지의 페이스북 계정들을 팔로우하다 보면 여전히 '이성에게 잘 보이는 방법' 유의 기사들이 부지런히 올라왔다. 피처 기사에서는 페미니즘에 관해 이야기하면서 다른 페이지에서는 남자 친구가 좋아

할 만한 패션과 메이크업을 추천하는 등 오로지 이성의 호감을 사는 것만이 그루밍과 스타일링의 목적인 양 설파하기도 했다.

어느 잡지에서는 나에게 칼럼을 맡기며 '젊은 여성들이 많이 읽는 잡지니까 글을 좀 말랑말랑하게 써달라'라고 부탁한 적도 있다. 에세이나 가벼운 글을 여성적인 것, 하찮은 것으로 치부하는 경향도 문제지만 여성은 그런 글만을 좋아하고 읽을 것이라는 생각에도 문제가 있기는 마찬가지였다.

잡지와 이렇게 가까이 살았으면서도, 세상의 모든 것이 어딘가 잘못되어 있다는 사실을 왜 일찍 눈치 채지 못했을까?

매체에 소속된 기자로 일하는 동안, 잡지가 여성을 다루는 방식에 대해 고민한 건 2015년 이후의 일이었다. 심지어 페미니즘을 이야기하면서도 정작 콘텐츠에서는 여성혐오가 어떻게 발현되고 있는지 눈치 채지 못한 적도 많았다. 잡지가 여성을 바라보는 시선은 세상이 여성을 바라보는 시선이기도 했으며, 이는 곧 성차별적 시선에 어떤 문제의식도 느끼지 못한 나의 시선이기도 했다.

나는 교복 같은 스커트를 입고 말갛게 웃으며 청순함과 순수함을 내세우는 걸그룹들의 모습이 그저 유행이자 소녀시대의 재현, 즉 새로운 복고의 유행이라고 믿었다. 걸그룹이 보이그룹보다 더 대중적이라는 말도 아무런 고민 없이 썼다. 걸그룹 '여자친구'가 빗물에 젖어 미끄러운 무대에서 몇 번이고 넘어진 영상이 SNS에서 화제가 됐을 때는 그저 '열심히 하는 모습'으로 주목받았다고 생각했다. 사회적 맥락과 상관없이 콘텐츠는 콘텐츠로만 평가하고 분석할 수 있다고, 나는 어리석게도 그렇게 믿었다.

건강한 에너지를 뿜어내는 소녀의
아름다움이란 사실 여성이든 남성이든 외면하기
어려운 매력이며, 때문에 활기로 북적이는 요즘
걸그룹의 세계는 20대 중반 이상 구매력 있는
여성 팬과 남성 팬 모두에게 10년 만에 찾아온
익숙한 즐거움일 수밖에 없다.
'2016 걸그룹 | ① 다시, 소녀들의 시대', 2016. 5.

빗물이 흥건해 가만히 서 있는 것조차 쉽지
않을 것 같은 무대 위. 여자친구는 넘어지고
또 넘어지면서도 끝내 미소를 잃지 않고 곡을
마무리했으며, 이러한 모습이 담긴 '직캠'은
페이스북 등의 SNS를 타고 팬덤뿐 아니라

대중들 사이에도 널리 퍼졌다. 누군가는
포기하지 않은 여자 아이들의 끈기에 감탄했고,
또 다른 누군가는 열악한 상황 속에서 힘들게
무대를 마쳐야 했던 소녀들을 보며 마음
아파했다. 음원 차트 20위권 바깥에 머물러 있던
〈오늘부터 우리는〉의 빠른 역주행, 「TIME」 등의
해외 매체에서 여자친구의 '꽈당' 사건을 보도한
일 모두 범대중적인 관심의 결과였다.

'2015년 음악계의 일곱 가지 핫 이슈', 2015. 12.

소녀 콘셉트의 기본은 교복이다. 꼭 교복과
똑같지 않더라도 플리츠 스커트는 반드시
착용하며, 여기에 블라우스나 맨투맨 티셔츠
등을 매치해서 청순하면서도 발랄한 이미지를
강조한다. '소녀'라는 단어에서 누구나 가장 쉽게
떠올릴 수 있는 모습.

'레드벨벳·러블리즈·여자친구·오마이걸,
소녀 걸그룹의 조건', 2015. 5.

지금은 안다. 그리고 확실하게 말할 수 있다.
무해한 걸그룹의 이미지는 사회가 지금의 여성에게
원하는 모습이며, 스무 살 넘은 여성들에게 교복에

가까운 코스튬을 입히는 콘셉트는 그 자체로 위험한 발상이다. 또 걸그룹이 보이그룹보다 대중적인 것은 각종 행사와 예능 프로그램을 비롯해 여기저기서 '꽃다발' 역할을 하기 때문이며, 동시에 무언가가 남성들 사이에서도 화제가 됐을 때라야 비로소 '대중적'이라는 평가를 내리는 사회적 분위기 때문이기도 하다. 더불어 여자친구의 '꽈당' 영상이 인기를 끌 수 있었던 이유는 '어린 여자'가 고생하는 모습 자체를 엔터테인먼트로 즐기는 경향과 무관하다고 말하기 어려울 것이다.

차츰 페미니즘을 배워나가며 일본의 페미니즘에 관해 기사를 쓴 적이 있었다. 서툰 일본어로 열심히 구글링을 하고 잡지 홈페이지들을 들락거리다 패션지 「보그걸 재팬」에 실린 특집 기사를 찾았다. 편집부는 이렇게 썼다.

"이제 복장으로 남녀의 차이를 말하는 것은
시대착오적이다. 여성도 남성 잡지를 참고하고,
남성용 아이템을 잘 활용하는 것도 스타일링의
한 가지 방식이다. 그런 식으로 겉보기에는
여성을 불문하고 '자신다움'이 잘 받아들여지는
사회지만, 실제 생활에서는 '젠더리스화'가

진행되지 않고 있다. 오히려 여자임을 의식할
수밖에 없는 상황에 매일 직면하고 있다.
'여자니까'라는 성별로 분류되거나 생김새 또는
체형으로 판단된다."

　며칠 전에는 「드리프트」라는 잡지를 우연히 읽
었다. 외국 잡지의 한국어 번역판이었는데 내가 읽
은 호의 주제는 '커피'로, 호주 멜버른의 카페들과
커피, 바리스타들의 이야기가 담겨 있었다. 라이프
스타일을 다루는 외국 잡지들이 그렇듯 사진은 예쁘
고, 커피는 맛있어 보이고, 사람들은 다 세련돼 보이
고…. 조금은 심드렁한 기분으로 책장을 넘기던 중
흥미로운 페이지를 발견했다. 여성 바리스타들 인터
뷰였다. 그들은 한결같이 말했다.

　"예전에는 여성이 커피를 만들고 서빙하는
　것을 당연하게 생각했지만, 지금은 스페셜티
　시장으로 바뀌면서 커피 전문가, 즉 바리스타는
　대부분 남성으로 인식된다. 바리스타를 채용할
　때도 여성보다 남성이 우대 받는다."

한국도 일본도 호주도, 정도의 차이는 있지만 여전히 여성에게는 모두 불리하게 기울어진 운동장이었다. 그리고 그것을 좀 더 많은 사람이 의식하고, 소리 높여 말하기 시작하는 중이었다.

　　'「아이즈」는 연예랑 문화 쪽 기사를 쓰는 잡지 아냐? 여성혐오 관련 이슈를 왜 이렇게 많이 다뤄? 부담스럽지 않나?'

　　그런 말을 심심치 않게 들었다.

　　결정적인 계기가 있었다. 2015년 유세윤, 유상무, 장동민으로 구성된 '옹달샘'이 팟캐스트 〈옹달샘과 꿈꾸는 라디오〉에서 내뱉었던 여성혐오 발언이 뒤늦게 알려졌다. 한국의 대표적인 코미디언으로 손꼽히던 이들이 그 정도로 심각한 발언을 개그랍시고 했다는 것, 그 팟캐스트는 꽤 인기가 있었음에도 그때까지 누구도 문제의식을 갖지 못했다는 건 분명 충격이었다. 그보다 더 충격적이었던 것은, 문제가 터지기 직전 「아이즈」에서는 그다음 주 스페셜로 옹달샘의 서사를 다루려 하고 있었다는 사실이다. 되도록이면 연예/문화 관련한 모든 이슈를 놓치지 않아야 하는 웹매거진으로서 우리 내부에서도 반성하지 않을 수 없었다. 구성원 중 누구도 옹달샘의 팟캐스트를 주의 깊게 듣지 않았었고, 팟캐스트뿐만 아니라 그동안 옹달샘이 보여온 언행에도 충분히 문제의식을 느낄 수 있었음에도 우리 역시 '코미디겠지'라는 생각으로 대수롭지 않게 지나쳤기 때문이다.

주말을 보내고 월요일이 되자마자 기획은 바로 '여성혐오 엔터테인먼트'로 변경되었다. 개인적으로는 매체에서 글을 쓰는 여성으로서 앞으로 내가 이야기해야 할 것들을 분명하게 깨닫게 된 사건이었고, 「아이즈」로서도 지향점을 재조정하게 된 계기였다. 이후 기획회의에서는 어떤 인물이나 프로그램, 이슈가 아이템으로 발제되든 반드시 한 가지 질문이 더 따라붙었다. '거기에 여성혐오적인 지점이 있지는 않은가?'

그렇게 나와 동료들은 한국 예능 프로그램에서 여성이 점점 사라지는 추세를 진단했고, 꿈을 볼모 삼아 젊은 여성들을 착취하는 엠넷 〈프로듀스 101〉를 비판했으며, 단지 여성이기 때문에 일면식도 없는 남성에게 여성이 살해당한 '강남역 여성 살해 사건'을 다루기도 했다. 웹툰계와 동인계, 문학계, 영화계 등 권력을 등에 업은 남성들이 여성들에게 행해온 성폭력을 말했으며, 있는 그대로의 소녀들을 보여주기 위해 엠네스티와 손잡고 평범한 10대 여자아이들의 이야기를 들어보기도 했다. 「아이즈」도 「아이즈」 구성원들도, 예전으로 돌아갈 수 없었다.

그사이 '나는 페미니스트다', '(남성과 여성의) 동일노동 동일임금'이라는 외침은 '여자도 사람이다', '여자를 죽이면 안 된다'는 절규로 바뀌었다.

'현실은 매일매일 나빠지는데 잡지가 하는 말은 너무 원론적이거나 무쓸모한 것은 아닐까?' '뭘 더 할 수 있을까?' '이제 잡지 에디터가 아닌, 글을 쓰는 여성 개인으로서 나는 어떤 이야기를 해야 할까?'

그렇게 무력해지다가도 한 선배에게서 들은 이 말을 떠올리면 약간은 힘이 난다.

"(페미니즘에 있어서는) 쌀로 밥을 짓는다는 식의 당연한 이야기라도, 그걸 계속하는 것 자체가 의미 있지 않을까 생각한다."

잡지에도, 나에게도 마찬가지다.

인터뷰 페이는 왜 없나요

바보같이 들릴지도 모르겠지만 나는 전화 공포증이 있다. 아는 사람과도 통화하는 건 별로 좋아하지 않는다. 상대가 모르는 사람일 때는 더하다. 직접 통화를 하지 않아도 되는 배달 앱이 생겼을 때 쾌재를 부른 사람 중 하나가 바로 나다. 그런데 알다시피 기자는 전화 걸기 혹은 받기를 두려워해서는 안 되는 직업이다. 인터뷰이를 섭외할 때나 취재를 위해 일면식도 없는 곳에 연락할 때처럼 통화를 하는 일이나 그 과정에서 거절당하는 일에 익숙해져야만 한다.

취재를 해야 하는 주가 다가오면 회사에 가기가 싫었다. 다른 회사에 비해 분위기가 나쁜 직장도, 성격상 회사를 가기 싫어하는 것도 아니었지만 취재 아이템을 맡았을 때만은 월요일이 오는 게 두려웠다. 취재를 할 때는 모르는 사람에게, 갑자기 연락해서, 어떤 것에 대해 자세한 설명 해명을 해줄 것을, 그것도 꽤 긴 시간 부탁해야 하기 때문에 전화 공포증이 배가됐다. 나를 만난 적도 없고 내가 누군지도 모르는 사람에게 대뜸 전화를 걸어 이러이러한 게 궁금하니 답해달라고 하는 건, 둘도 없는 실례처럼 느껴지기도 했다. 물론 보통은 미리 전화해서 취재 용건을 설명하고 편한 시간에 다시 연락을 드리겠다고 말한다. 그렇다고 해도 내가 쓸 기사를 위해 타인의 시간을 뺏는다는 점에서 크게 다르다고 하긴 어렵다. 취재를 할 때마다 상대방에게 미안했지만, 페이 이야기는 한번도 꺼내지 않았다. 왜? 그것이 잡지의 관행이기 때문이다(다만 「아이즈」의 경우에는 취재원으로부터 받는 코멘트의 분량이 길 때는 얼마의 취재비를 지급하고는 했다.) 그래서 나는 기자가 된 이래로 쭉, 기자 혹은 에디터란 기본적으로 남들에게 민폐를 끼치는 직업이라고 생각해왔다.

그리고 퇴사한 지 얼마 지나지 않았을 때, 트위터를 열심히 하는 사람이라면 누구나 알 만한 '사건' 하나가 벌어졌다. 뮤지션이자 작가이자 감독인 이랑이 한국대중음악상 참석을 앞두고서 트위터에 몇 개의 짧은 글을 연달아 올렸다. 미친 듯이 일했지만 2017년 1월과 2월 수입이 각각 42만 원과 96만 원이었다는 것, 음원 사이트에서 사람들이 자기 음악을 백날 들어줘도 앨범을 직접 사는 것만큼 자신에게 수익이 돌아오지는 않는다는 이야기 등이었다. 경력도 짧지 않은데다 하는 일도 여러 가지인 이랑의 수입이 그 정도로 적다는 것도 놀라웠지만, 이랑의 말에서 사람들이 더 놀란 부분은 따로 있었다.

"잡지 인터뷰나 촬영도 겉으로는 멋드러져 보이나, 페이가 없다. 차비도 없다. 여러분들은 그것을 모른다. 이것은 정말 문제이다. 나는 잡지에 개잘나온 사진들만 남기고 굶어서 죽을 수도 있다."

'세상에 인터뷰 요청을 하면서, 심지어 그걸 기사로 실어 콘텐츠로 만들면서도 잡지사에서 합당한 페이를 지급하지 않는다고? 그렇게 멋있어 보이는 화보와 인터뷰의 값이 실은 전부 공짜였다고? 이런 파렴치한 사람들이 있나!' 다들 이렇게 놀랄 법도 하다. 지난해에 책을 내고 잡지, 여러 일간지와 (공짜로) 인터뷰한 친구는 이랑의 트윗을 보고 분노하며 말했다.

"나는 심지어 개잘나온 사진도 없다고!"

물론 나는 전혀 놀라지 않았다. 이랑의 이야기에 새로운 사실이나 진실과 다른 부분은 한군데도 없었기 때문이다. 민망한 얘기지만 나 역시 〈신의 놀이〉 앨범 발매에 맞춰 이랑 인터뷰를 진행하며 따로 페이를 지급하지 않았다. 그의 작업실에 매달 수 있는 작은 화분 하나를 선물로 사 갔을 뿐이다.

잡지는 인터뷰 페이를 지급하지 않는다. 의상과

헤어, 메이크업이 필요할 경우 제공하는 정도다. 인디 뮤지션에게도, 아이돌 그룹에게도, 프로그램 연출자와 작가에게도, 이것은 똑같이 적용된다. 돈을 받을 수 있는 건 인기가 많고 아주아주 유명해서 브랜드의 협찬(그리고 광고비)을 끌어올 수 있는 스타들 정도다. 이런 식으로 진행되는 건은 '유가 화보'라는 특별한 케이스에 속한다. 그 외에 잡지가 누군가에게 돈을 지급하고 인터뷰를 했다는 이야기를 나는 들어본 적이 없다.

왜 그런가? 간단하다. 예전부터 그래왔기 때문이다. 따로 설명하지 않아도 그렇게들 알고 있다. 홍보 효과를 정확히 측정할 수는 없으나 이무튼 '잡지에 인터뷰가 실리면 당신의 홍보에도 도움이 된다'는 계산도 숨어 있다.

취재도 마찬가지다. 누구에게 어떤 도움을 받든 그에게 지급하는 취재비용이라는 것은 없다. 원고지 2매든 10매든 글을 직접 써달라고 요청하지 않는 한 말이다. '나름의 권위를 획득한 매체에서 당신의 '말'을 인용해주는 게 당신에게도 약간의 권위를 부여하게 될 테니 서로 윈-윈 아닐까요?' 그런 믿음이 있는 건지도 모르겠다. 물론 잡지가 취재원에게 돈을 주고 원하는 방향의 코멘트를 요구한다면 그 역시 문제가 되겠지만, 그게 아니라 해당 분야의 전문가로부터 기사에 도움이 되는 코멘트를 받고 싶다면 페이에 관한 최소한의 가이드라인은 있어야 하지 않을까. 어디까지나 취재원의 시간과 경험, 지식을 이용하는 일이니 말이다.

한번은 어느 잡지에서 나에게 페미니즘 관련 이슈에 대한 코멘트를, 전화로 해달라는 것도 아니고 원고지 2매 정도로 정리해서 보내달라고 요청했다. 고료는 얼마로 책정되어 있는지 물었다. '죄송하지만 인터뷰에는 고료를 책정하지 않고 있다'는 답변이 돌아왔다. 예상한 답이었고, 그렇다면 쓸 수 없다고 거절했다.

일간지는 어떤가. 어느 날 아침, 한 일간지에서 어떤 이슈에 대해 어떻게 생각하는지 낮 두 시까지 자신에게 문자로 의견을 정리해서 보내달라고 했다. 일간지에 '평론가' 정도의 타이틀을 달고 인용되는 코멘트 또한 돈을 받지는 않는다. 이 건에도 별 생각이 없으니 코멘트를 하기가 어렵겠다며 거절했다. 비슷한 업계에서 일하는 처지에 너무 매정했나 싶다가도, 역시나 돈을 받지 않는다면 응할 수 없다고 생각한다. 물론 나의 원칙이 이렇다는 것이지, 취재에

응하는 다른 이들을 비난하는 게 아니다.

　왜 인터뷰 페이나 취재 페이가 책정될 수 없는 가. 여기에 대한 답을 따지자면, 잡지를 만드는 회사들이 보통 재무 구조가 열악하다, 잡지에 붙는 광고비 혹은 기사를 팔아 받는 콘텐츠 값으로 큰 수익을 내고 싶어 하지만 좀처럼 기대하는 만큼의 수익이 나지 않는다, 기업에서 잡지를 폼 나는 사업으로 인식해서 일단 제작에 손을 댄 후 역시 수익이 나지 않으니 등한시하게 된다는 상황까지 이야기해야 하지만…. 나 역시 자세히는 모를뿐더러 당장 알아야 할 이야기는 아니니 넘어가자. 문제는 지금으로서 개선을 기대하기 어렵다는 것이다. 잡지는 점점 어려워지는 중이다. 기자나 에디터 수를 최소한으로만 유지하고 있는 잡지들도 많다.

　합당한 비용을 지불하지 않고 사람을 쓰려고 하는 분야가 한국에서 어디 잡지뿐일까. 트위터를 하다 보면 광고업체에서는 용납 불가능할 정도로 낮은 가격에 일러스트레이터나 디자이너를 후려치려 한다. 심한 경우에는 경력 쌓는다고 생각하라거나 재능 기부한 셈 치라고 말하며 아예 공짜로 사람을 부릴 수 있다고 믿는다. 사람은 많고, 일자리는 적고, 경력을 시작하기조차 쉽지 않은 땅이라 일을 시켜주는 것만으로도 페이만큼의 가치가 있는 소중한 기회를 제공하는 거라고 여기는 곳들이 수두룩하다. 당연한가? 절대 당연하지 않다. 당연한 건, 사람을 쓰면 적절한 보상을 해야 한다는 사실뿐이다.*

이랑의 공론화 이후, 타인의 시간과 노력을 빌리는 일에 무감해지면서까지 이 일을 하고 싶지는 않았다. 몇 년이 지나도 오르지 않는 원고료, 나의 아이디어나 관점을 공짜로 빌려갈 수 있다고 생각하는 이들과 종종 맞닥뜨려야 하는 회사 바깥의 환경도 나를 지치게 만들었다.

그렇게 나는 퇴사하기로 결심했다.

---

* 프리랜서가 된 후 동료들과 함께 만든 프로젝트 팀, 4인용 테이블에서는 '남의 노동을 값싸게 여기지 않겠다'는 원칙을 두고 있다. 〈일하는 여자들〉이라는 디지털 리포트와 무크지 「여성생활」을 만드는 동안 모든 인터뷰이와 취재원에게 페이를 지급했다. 아직까지 우리는 한번도 이 원칙을 깬 적이 없다.

4인용 테이블의 「여성생활」

이제 백수인데, 뭘 해서 먹고살아야 할까? 10년 동안 편집자 겸 콘텐츠프로듀서, 공연 전문기자로 일하다 퇴사한 선배 한 명(장경진), 취재기자로만 꼬박 6년을 일하고 퇴사한 나(황효진), 한번도 회사에 소속되지 않은 채 10년째 책도 쓰고 드라마도 쓰고 영화 칼럼도 쓰는 작가로 일하는 친구 한 명(윤이나)이 모여 앉았다. 나의 하우스메이트이자 「아이즈」에서 디자이너로 함께 일하다 퇴사한 선배(정명희)도 함께였다. 경진 선배가 퇴사를 결심하기 전, 하우스푸어가 될 줄 모르고 큰마음 먹고 산 집에서였다. 프리랜서로 살아본 적 없는 선배도 나도 일단 회사에 그만두겠다고 말은 했지만, 어디서 일이 들어오기는 할지, 뭘 어떻게 할 수 있을지 앞길은 막막했다.

"뭐가 걱정이야? 일을 우리가 만들면 되지."

일을 만드는 데 도가 튼데다 추진력까지 좋은 '프로 프리랜서' 친구가 말했다. 그의 말에 내가 덧붙였다.

"그래, 마침 우리가 두 명씩 집을 쉐어하잖아요. 저랑 명희 선배도 그렇고, 선배랑 이나 님도 그렇고. 두 명의 여성이 집을 나와서 공간을 쉐어한다는 것에 대한 책을 만들어보면 어때요?"

우리뿐 아니라 주변에서도 하우스메이트로 살

아가고 있는 여성들 이야기가 종종 들려왔고, 그래서 이들의 사연을 모으고 집 도면과 사진을 넣으면 책 한 권이 후딱 완성되겠다! 라고 쉽게 생각했지만 출판 시스템을 경험해보지 않은 사람들로서는 선뜻 손대기 어려운 일이었다. 책 만드는 게 어디 보통 일인가. 제작비는 어떻게 마련하고, 인쇄는 어떻게 하며, 유통은 또 어떻게. 심지어 책을 만드는 당사자인 우리를 빼면 인터뷰를 해줄 여성 2인 가구를 섭외하는 것조차 쉽지 않았다. 이건 우리 능력 밖의 일인 것 같았다. 시작이 빠른 대신 포기도 빠른 우리는 합리적인 판단으로 책 출간 계획을 접었다.

그즈음 이렇게 모인 네 명을 무엇이라고 불러야 하는지에 대한 논의도 있었다. 이번에는 우리 집 작은 테이블에서 팔보채, 탕수육, 고추잡채, 짜장면을 먹는 중이었다.

"이름에서 한 글자씩 따서 '황이진희' 어때요? '황진희이'는 발음해보면 너무 힘 빠지니까" 같은 실없는 소리도 있었다. 갑자기 누군가가 말했다.

"4인용 테이블 어때? 지금 우리가 앉아 있는 게 딱 4인용 테이블이잖아."

그렇게 프리랜서 네 명이 모여 그럴싸한 프로

젝트처럼 보이는 뭔가를 시작하게 됐다.

첫 번째 프로젝트는 〈일하는 여자들〉이라는 온라인용 인터뷰집이었다. 우연히 서점에 갔다가 『선배와 나』라는 책을 보게 됐다. 각 분야에서 성공한 남성들을 다른 젊은 남성들이 찾아가 '한 말씀' 듣고 오는 콘셉트였다. 「뽀빠이」에 연재된 코너를 묶은 거라고 했다(나는 그동안 이런 코너가 있는지 전혀 몰랐다.) 「뽀빠이」라는 이름이 들어가 있어 깊이 고민하지 않고 샀는데 이상하게도 재미가 없었다. 절반쯤 읽다 말고 책을 덮은 채 곰곰 생각했다. 왜 이렇게 재미가 없지?

성공한 남성들 이야기는 굳이 이렇게 책으로 묶어내지 않아도 어디서든 볼 수 있기 때문이었다. TV를 틀어도 여느 책과 잡지를 펼쳐도 내가 어떻게 성공했는지, 지금 얼마나 잘나가는지 알려주겠다는 남자들이 등장한다. '그럼 성공한, 일하는 여성들의 이야기도 더 크게 들려줄 수 있지 않을까?'

그렇게 일 잘하는 여성 여덟 명을 섭외해 〈일하는 여자들〉을 만들었다. 백은하 영화전문기자, 영화 〈우리들〉을 만든 윤가은 감독, 임진아 일러스트레이터, 개인 작업을 하는 양자주 작가, 「GQ」에서 푸드·드링크 분야를 담당하고 있는 손기은 에디터, 최근

대중문화와 한국 사회 속 여성혐오에 관한 책 『괜찮지 않습니다』를 펴낸 최지은 전 「아이즈」 기자, 뮤지컬 〈록키호러쇼〉와 〈서편제〉 등을 연출한 이지나 연출가, 연극 〈프라이드〉 〈킬 미 나우〉 등의 지이선 작가를 만날 수 있었다. 분야는 다르지만 그들을 둘러싼 상황은 역시나 녹록지 않았고, 그럼에도 여덟 명의 여성들은 열심히, 그것도 굉장히 멋지게 자신의 일을 해내는 중이었다. 나는 웹매거진에서 일했던 기자이자 에디터로서 최지은 전 기자와 손기은 에디터 인터뷰를 맡았다. 그리고 이들과 나눈 이야기 중 가장 기억에 남는 건 이 말이었다.

"다른 여성들이 각자의 자리에서 열심히
일하는 것처럼, 나도 똑같이 그렇게 일하고 있을
뿐이다."(손기은)

인터뷰집에 대한 반응은 폭발적이진 않았지만 우리가 예상했던 것보다는 좋았다. 그리고 다음 프로젝트를 궁금해하는 사람들에게 우리는 구체적인 계획도 없이 잡지를 내겠다고 대답했다.
"다음에는 잡지를 만들 거예요. 제목은 「여성생활」이고요."

'대단한 잡지를 만들어보겠습니다!' 그런 야심이 있었던 것은 아니다. 넷 다 잡지를 좋아하는 사람들인데다 우리가 잘 만들 수 있는 게 잡지였다. 10년을 온라인 잡지에서 일해온 사람, 오프라인 잡지와 온라인 잡지 디자인을 모두 경험해봤고 새 잡지가 나오면 언제나 궁금해하는 사람, 잡지에 수많은 글을 기고하고 있는 사람 그리고 매달 잡지에 돈을 쓰고 있으며 심심하면 집에 있는 잡지를 펼쳐 드는 사람(나).

처음에는 야심 차게 여름호를 내기로 결정했지만 당장 닥쳐오는 일에 치여 가을호로 바뀌었다. 그러고는 마침내 '아쉽지만 계간으로 우리가 계속 잡지를 낼 수 있을지 없을지는 모르는 일이니, 무크지로 갑시다'라는 결론을 내리게 되었다. 한마디로 한 번 잡지를 내고 나면 정말 굳은 결심을 하지 않는 한 두 번 다시 내지 않을 수도 있다는 말이다(그런 일은 없기를 바란다.) 좋게 말해 융통성이 있고 달리 말해 (역시) 포기가 빠른 네 명이었다.

매체에 소속되어 온라인 잡지를 만드는 것과 프리랜서들끼리 모여 오프라인 잡지를 만드는 것은 완전히 달랐다. 장점은 회의를 매주 하지 않는 것이었고, 단점은 회의를 매주 하지 않기 때문에 어느 순간 풀어지기 쉽다는 것이었다. 아주 가끔씩 회의를 하면 지난 번 회의에서 나왔던 아이디어가 기억나지 않을 정도라 다시 회의록을 들춰야만 했다.

시간이 길어지자 기획에 대한 의구심도 자주 피어올랐다. 이 기획이 맞을까요? 이 순서대로 기사를 배치하면 되는 게 맞나요? 이 콘셉트가 괜찮을까요? 수많은 회의를 거쳐―실은 아무것도 하지 않은 수많은 날을 거쳐―첫 번째 「여성생활」의 주제는 '독립'으로 결정되었다.

"우리가 가장 쉽게 할 수 있는 이야기를 먼저 다루는 게 맞는 것 같아." 다행히 네 명의 의견이 하나로 모였다. 가상의 주인공 한 명을 두고, 그가 혼자 살던 원룸을 나와 더 나은 주거 환경을 찾아가는 여정을 따라가며 독립에 관한 정보를 담기로 했다.

주인공 이름은 '황이진희(그렇다, 앞에서 실없는 소리라고 했던 그 이름이다.)' 이야기는 5년 정도 원룸에 살다가 올해 하우스메이트를 구해 투룸으로 이사한 나의 경험을 주로 바탕으로 삼아 구성했다. 이사업체는 어떻게 알아봐야 하는지, 내가 가진 예산으로는 어떤 집을 구할 수 있는지, 부동산 계약을 할 때 주의해서 봐야 하는 부분은 무엇인지, 실제로 집을 구하는 과정에서 어떤 어려움들과 마주하게 되는지…. 현재 독립해 살고 있는 우리 네 명의 노하우는 물론 시행착오까지 탈탈 털어넣었다. '일하는 여자들' 인터뷰도 여기에 계속해서 싣기로 했다.

이런 내용을 다 늘어놓는다고 진짜 잡지가 될까, 서로에게 말하지 않았을 뿐 모두가 마음속에 품고 있었던 의심은 최종적으로 정리된 목차를 보고 깨끗이 사라졌다.

차례

PART. 3 실전
독립인의 레시피
독립인의 물건

일상에세이
나의 사적인 독립기 원룸 탈출기
한 달에 얼마 써?
망원동 좋아요?

4인용 테이블 시그니처 프로젝트 '일하는 여자들'
"영화가 있어서, 페미니즘이 있어서 다행이다"

영화 저널리스트/방송인 이지혜

"나에게는 내 삶이 있다."

뉴프레스 공동대표 우해미

"한 번 한 번의 태도들이 변화를 만든다."

영화 〈여배우는 오늘도〉 감독·배우 문소리

편집후기

　「여성생활」을 만들면서 나는 처음으로 글 사이
에 넣기 위한 그림을 괴발개발 그렸다. 잡지에는 '도

비라' 페이지를 넣어야 한다는 것도 알게 됐다. 한 페이지씩 따로 떨어져 있던 원고를 한데 모아보면 꽤 근사한 잡지의 꼴을 갖춘다는 사실도 깨닫게 됐다. 우리 네 명 중 누군가는 문제 상황을 해결하고 정리하는 일에, 또 누군가는 아이디어를 내는 일에, 다른 이는 그 아이디어를 구체화하는 일에, 나머지 한 명은 머릿속에만 있던 아이디어를 상상보다 훨씬 더 근사한 결과물로 만들어내는 데 소질이 있다는 것 또한 알게 됐다. '각기 다른 네 명이 있어서 잡지를 만들 수 있는 거구나.' 4인용 테이블로 일하는 내 내 가장 자주 떠올린 생각은 이것이었다.

책은 텀블벅 펀딩으로 300권 정도 팔렸다. 가능하다면 독립서점에도 입고시키고 싶지만, 얼마나 더 팔릴지 전혀 예상할 수가 없다. '만들었으니 기분 좋다, 그러면 됐지!'로 끝낼 수는 없다. 어쨌건 돈을 벌어야 하는 상황이기 때문이다. 여전히 막막하다. 최근 몇몇 창작자들이 모이는 자리에 갈 기회가 있었는데 거기서도 예상한 이야기가 어김없이 나왔다.

'잡지는 돈을 벌기가 어렵다. 그래서 창간호만 내고 이후로 자취를 감추는 잡지들이 많다.'

우리가 텀블벅으로 벌어들인 수익에서 제작비와 배송료, 인터뷰 페이 등을 모두 빼고 남는 순수익을 계산할 때마다 한숨이 나온다. '이 정도로 돈 벌기가 어렵나?' 그래도 이 사람들과 계속해서 잡지를 만들 수 있다면 좋겠다. 우연히 좋은 잡지를 발견하면 함께 펼쳐보기도 하면서, 다루고 싶은 이슈가 있으면 공유하기도 하면서, 잡지를 좀 더 잘 만들고 싶어졌다.

고쳐 말해야겠다. 다시 생각하니 나는 잡지를 만드는 행위 그 자체보다 다른 걸 좋아하는 것 같다. 그러니 잡지를 계속해서 만들지 않아도 상관 없다. 나는 취향과 관심사가 다르고 특성도 서로 다른 사람들이 만나는 일을 사랑한다. 그렇게 만나 각자의 개성을 굳이 깎아내리려고 하지 않는 태도를 사랑한다. 그 불균질함을 동력 삼아 매력적인 잡지를, 느슨한 모임을, 또 다른 무언가를 만들어내는 일을 사랑한다.

나를 만든 세계, 내가 만든 세계
'아무튼'은 나에게 기쁨이자 즐거움이 되는,
생각만 해도 좋은 한 가지를 담은 에세이 시리즈입니다.
위고, **제철소**, **코난북스**, 세 출판사가 함께 펴냅니다.

아무튼, 잡지

초판 1쇄 2017년 12월 12일
　　　3쇄 2020년 9월 10일
지은이 황효진
펴낸이 이정규
펴낸곳 코난북스
출판등록 제2013-000275호
전화 070-7620-0369
팩스 0505-330-1020

conanpress@gmail.com
conanbooks.com
facebook.com/conanpress

ⓒ황효진, 2020

ISBN 979-11-88605-03-3 02810

이 도서의 국립중앙도서관 출판예정도서목록(CIP)은
서지정보유통지원시스템 홈페이지(http://seoji.nl.go.kr)와
국가자료공동목록시스템(http://www.nl.go.kr/kolisnet)에서
이용하실 수 있습니다.(CIP제어번호: CIP2017032239)